KB058093

마이
—데스크

마이─데스크

책상에 담긴 취향과 삶

문형일 사진
박미현 지음

당신의 책상이 궁금합니다.

어릴 적, 저는 유독 책상을 좋아하는 아이였습니다.

　　방이야 부모님이 사주신 가구를 선택의 여지 없이 사용했지만, 책상 위 물건들은 제가 좋아하는 것들로만 가득 채웠습니다. 그곳은 저 만의 작은 세계였죠. 노트 하나, 펜 하나 모두 제 취향의 것들로만 책상을 살뜰히 가꾸며 저는 문방구 덕후로 자랐습니다. 그렇게 꾸미기를 좋아하는 저는 커서 다른 이들의 삶이 담긴 '집'에 관한 글을 쓰는 리빙 전문 기자가 되었습니다. 15년간 수많은 집을 방문하며 그 속에 녹아 있는 그 사람의 취향과 일상, 사소한 습관까지 발견하는 재미에 푹 빠져 살았습니다. 그러면서도 책상에 집착하는 저는 어느 집을 찾아가도 유독 그 사람의 책상에 온 관심이 쏠렸습니다. 책상은 지극히 사적인 공간이기에, 숨길 것도 그리고 자랑삼아 보여 줄 것도 함께 공존하는 두 가지의 매력이 있기 때문이죠. 지금 이 사람이 하는 일은 물론 관심사, 그 사람의 취향과 삶을 대하는 태도까지 모두 담겨 있어, 굳이 말을 하지 않아도 그 사람을 관찰하고 엿볼 수 있는 것이 흥미로웠습니다. 그래서 언젠가는 집이 아닌, 가장 사적인 공간, 책상 이야기를 꼭 한번 써 보고 싶었습니다.

　　누군가의 책상을 구경하러 가는 길은 늘 설렘이 가득했습니다. 기자와 인터뷰로 머쓱하게 첫인사를 하게 되더라도 책상에 관해 이런저런 이야기를 나누다 보면 마치 오래 알던 친구를 만난 듯 긴장이 풀리고 마음을 내려놓게 됩니다. 평소 잘 하지 않는 이야기, 아주 사적인 습관까지 술

술 이야기보따리를 자연스럽게 풀어놓게 되죠. 그래서 그 어떤 것보다 책상에 관해 나눈 이야기는 허례허식 없이 진솔했습니다. 책상은 바로 그런 공간이니까요.

이 책에는 제가 15년간 잡지 기자 일을 하면서 꼭 한 번 엿보고 싶었던 15명의 책상 이야기가 담겨 있습니다. 공간 · 가구 · 가죽 · 패션 디자이너부터 해금연주가, 뮤직비디오 감독, 그리고 요리 연구가와 향기 작가 등 하는 일은 모두 제각각이지만 각자의 책상에 큰 애정을 품고 있으며, 이들 모두 책상을 통해 창작과 휴식, 그리고 위안을 얻는다는 공통점을 발견할 수 있었습니다. 각기 다른 표정의 책상이지만 그들이 책상을 통해 추구하고자 하는 길을 모두 같았습니다.

이 책은 단순히 책상 이야기를 담은 책이 아닙니다. 책상을 통해 그들이 추구하고자 하는 각자의 삶의 방식이 담겨있습니다. 독자 여러분 역시 책상을 통해 마음속에 품어 두기만 했던 꿈을 하나씩 실현해 나갈 수 있는 영감과 용기를 얻기를 기대합니다. 그들도 그랬듯 작은 책상 하나로 삶이 훨씬 더 열정적이고 풍요로운 모습으로 변화될 것이라 믿습니다.

흩날리는 벚꽃이 아름다운 봄, 이 책이 시작되었습니다. 그 때의 순간은 마치 영화의 한 장면처럼 제 마음 깊숙이 자리하고 있습니다. 그 시작의 기쁨이 너무 생생해서 새 하얀 도화지에 그대로 그려 넣을 수도 있을 듯합니다. 그렇게 사계절 동안 15명의 책상 인터뷰를 진행했고, 책상 인터뷰를 하는 날은 계절을 막론하고 유난히 따뜻한 하루를 보냈던 것 같습니다.

새로운 도전을 응원해 준 모든 이들, 그리고 거리낌 없이 자신의 책상을 내보여준 인터뷰이들에게 다시 한 번 감사의 마음을 전하고 싶습니다.

_ 박미현

CONTENTS

질서 속에

취향을 담은 책상

공간 스타일리스트

윤지영

MY
DESK

미국 위스콘신 매디슨 대학에서 경제학을 전공하고,
건축가인 남편 박재우 소장의 영향을 받아 라이프
& 공간 스타일리스트로 활동 중이다. 박재우 소장
은 슈퍼 파이 디자인 스튜디오SUPER PIE DESIGN
STUDIO를 이끄는 건축가이자 디자인 디렉터로, 대
구 핫 플레이스로 주목받고 있는 신개념 복합 문화
공간 텀트리 프로젝트와 헤이마 등을 설계해 큰 주
목을 받았다. 부부는 모더니즘과 미니멀리즘이라는
공통된 취향을 공유하며 그들의 철학과 삶의 가치를
오롯이 담은 집을 홈 오피스로 꾸며 공간에 관한 작
업을 함께하고 있다.
WWW.SUPERPIEDESIGN.COM
@SUPER_PIE_DESIGN_STUDIO

가장 좋은 명당에 놓인
홈 오피스 책상

"결혼 전, 우연히 남편의 건축 사무실에 가게 됐어요. 약 10여 년 전인 그 당시는 클래식한 유럽식 전원주택이 유행하던 시기였는데, 그와 달리 모던하면서도 미니멀한 남편의 작업 스타일에 마음이 끌렸어요. 그때부터 저도 모더니즘과 미니멀리즘에 관심을 갖게 됐고, 서로 뜻이 맞아 결혼 후 남편은 건축가로, 저는 남편이 작업한 공간에 가구와 소품 등을 스타일링하는 공간 스타일리스트로 일하고 있어요."

부부의 집 역시 미니멀리즘과 모더니즘이라는 공통된 취향이 고스란히 반영된 공간이다. 그 자체로도 담백한 멋을 내는 화이트 공간에 커다란 통창, 그 너머로 따스한 햇볕이 가득 내리쬐는 이 집은 선, 면, 빛의 디테일과 구조적인 레이아웃이 돋보인다.

"집을 새로 짓기 위해 오래전부터 땅을 알아보러 다녔어요. 하지만 저희 마음에 드는 마땅한 땅을 찾을 수 없었고, 그러다 이 주상복합 아파트를 발견하게 됐죠. 정형화된 구조의 일반 아파트와 달리 허물 수 있는 벽이 많아 가벽을 세워 실내 공간을 새롭게 재구성할 수 있다는 매력에 끌렸고, 이곳으로 이사 오면서 홈 오피스를 새롭게 만들었어요."

창으로 둘러싸인 거실은 부부와 10살 아들이 모여 생활하는 일상의 공간이지만, 낮에는 주로 홈 오피스로 사용된다. 때문에 건축 관련 업무도 보고, 클라이언트들과 소통할 수 있는 오픈 스튜디오로 꾸몄고, 거실 맞은편은 부부의 침실로 공간을 분리했다.

거실에서 제일 먼저 눈에 들어오는 것은 시내가 훤히 내려다보이는 너른 통창 옆에 묵직하게 자리한 기다란 책상이다. 윤 대표가 이 공간에 맞게 직접 디자인해 맞춤 제작했는데, 시중에서는 볼 수 없는 3m 길이의 널찍한 월넛 원목과 철제 다리의 모던한 매치가 감각적이다.

"제 책상은 집에서 해를 가장 많이 받는 명당에 자리하고 있어요. 책상에 앉을 때마다 기분이 좋아지고, 자꾸 앉고 싶어져요. 차를 한 잔 마셔도 책상으로 자연스럽게 몸이 가요."

책 상 위 물 건 은
현 재 진 행 중 인 것 만

부부는 공간은 물론 일상에서도 미니멀리즘을 추구한다. 삶의 방식이 공간에 드러나기 마련인데, 이를 가장 잘 보여주는 것이 바로 그의 간결한 책상이다. 시선을 끄는 불필요한 물건들을 가능한 한 배제하고, 그때그때 꼭 필요한 물건만 책상에 올려놔 일의 능률을 높인다.

"이곳에서 주로 공간 스타일링 구상에 관한 일을 해요. 디자인 책과 태블릿 등으로 남편이 작업한 공간에 어울리는 가구와 소품을 고르고 디자인하죠. 거실이라는 열린 공간에 책상이 있다 보니 자칫 지저분해 보일 수 있어서 가능하면 일에 꼭 필요한 물건만 올려놓고, 그 이외 물건은 이동식 수납함에 보관해 필요할 때마다 꺼내 쓰고 바로바로 정리해요."

책상은 일하는 공간이지만, 오래 머무르는 장소이므로 실용성만 따지면 삭막해지기 쉽다. 펜 하나를 쓰더라도 기분이 좋아지는 물건을 놓아야 일하는 시간이 한결 더 즐겁다. 태블릿과 호환되는 빈티지한 타자기 모양의 키보드도 그의 감성을 잘 보여주는 책상 위 물건이다. 국내 브랜드 페나의 제품으로, 겉모습은 옛 타자기 디자인이지만, 현대적인 기술을 더해 사용의 편의성을 높였다. 타닥타닥 타자치는 정겨움이 느껴지면서도 디자인적으로 우수하고, 무선 블루투스 기능으로 어디에서든 사용이 가능하다는 장점이 있다.

그리고 북유럽 리빙 브랜드 헤이HAY의 가위, 1935년 핀란드 거장 건축가 알바 알토ALVAR AALTO가 창립한 아르텍ARTEK의 줄자, 우아하고 간결한 곡선으로 독일 디자인의 정수를 보여주는 라이카 카메라, 자신의 손에 꼭 맞는 짧은 색연필 등이 그가 자주 사용하며 좋아하는 책상 위 필수품이다.

잃어버리기 쉬운 리모컨과 색색의 색연필, 기분 전환에 좋은 향수 등은 스위스 디자인 회사 비트라VITRA의 툴박스에 보관한다. 칸이 나뉘어 물건을 분리해 담기 좋아 책상 위를 깨끗하게 유지하기 좋다.

일에 필요한 다른 물건들은 이동식 보조 수납함에 넣어 책상 곁에 둔다. 모더니즘의 대표 디자이너 조 콜롬보JOE COLOMBO가 디자인한 보비 트롤리로, 오픈 형 선반과 서랍이 잘 갖춰져 자잘한 물건들을 깔끔하게 보관할 수 있으며 바퀴가 달려 이동이 쉽다.

시간의 흔적이 묻어나는 빈티지 턴테이블과 오디오도 그의 책상 곁에 항상 존재하는 물건이다. 비워진 공간에 유유히 흐르는 음악은 그에게 영감을 불어넣고, 집중할 수 있도록 돕는다. 조명 역시 빼놓을 수 없다. 벽에서 테이블 중앙까지 길게 뻗은 클래식한 조명은 책상 위 빈 공간에 균형감을 맞춘다.

그가 책상 위에서 가장 중시하는 건 바로 질서다. 그의 방식에 맞춘 대로 물건이 놓여 있으면 복잡한 생각도 사라지고, 일에 몰입도 잘 된다. 좋아하는 디자이너의 문구류와 취향에 맞는 디자인 소품들을 질서정연하게 놓는 것. 영감과 집중력을 얻는 그만의 방식이다.

"책상이 놓인 거실이 북서 방향이라 오후 2시 즈음이 해가 가장 잘 들어요. 따스한 자연의 기운을 받으며 제가 좋아하는 물건들이 질서정연하게 놓인 공간에서 일한다는 것 자체가 행복이죠. 해가 질 때 역시 오렌지빛으로 물든 석양을 바라보면 힐링이 따로 없어요. 책상 위에 놓인 사진기를 들어 그 순간을 기록하고 싶을 만큼 아름다운 풍광이 펼쳐지면서 책상에 오랫동안 머물고 싶죠."

사람에 따라
변하는 책상

오전과 오후에는 윤 대표가 책상을 주로 쓰긴 하지만, 이 책상은 정해진 주인이 없다. 일에 필요한 물건을 모두 치우면 다시 새하얀 도화지가 되고, 남편 박재우 소장이 일하면 박재우 소장의 책상으로, 아이가 숙제나 레고 블록 놀이를 하면 아이의 책상으로 모습이 바뀐다. 손님이 방문하면 카페 테이블로, 특별한 날에는 파티 테이블로도 사용된다.

"요즘은 테이블에 경계가 없는 거 같아요. 주방 다이닝 테이블에서도 작업하고, 커피숍에서도 일을 하잖아요. 그런 거 보면 책상 문화가 많이 변하고 있는 거 같아요."

책상 주변 풍경도 항상 바뀌기 때문에 지루할 틈이 없다. 책상 뒤 창밖 풍경은 시간에 따라 다른 모습으로 휴식을 선사하며 책상 앞 거실 라운지 공간도 그만의 감각적인 손길이 더해지면서 가구 배치를 바꾸는 것만으로도 전체 모습이 달라진다. 테이블, 의자, 소파 등 각기 다른 디자인이지만, 하나의 오케스트라처럼 조화롭게 어우러질 수 있는 건 모두 모더니즘과 미니멀리즘이 담긴 미드센추리 가구라는 공통점이 있기 때문이다.

"20세기 모던 건축의 아버지인 르코르뷔지에와 같이 그 시대 가구들은 건축가가 자신의 공간에 맞는 가구를 직접 디자인했어요. 덴마크 출신의 건축가이자 디자이너인 아르네 야콥센ARNE JACOBSEN, 삶에 에너지와 웃음을 더하는 덴마크 출신의 대표 건축가이자 가구·조명 디자이너 베르너 팬톤VERNER PANTON 역시 마찬가지죠. 20세기 전반기의 아이콘 체어와 조명이 대부분 건축가의 손에서 탄생한 건 건축적 외양과 인테리어의 완벽한 일체성을 고집한 건축가들의 원칙주의 성향이 반영되었기 때문이라고 생각해요."

이런 미드센추리 가구는 정체성이 깃든 디자인적 가치뿐 아니라 지금 우리 생활에 사용해도 무리 없이 좋을 만큼 무척 실용적이고 튼튼하다. 그래서 부부는 약 15년 전부터 그들에게 디자인적 영감을 주는 미드센추리 가구를 꾸준히 수집해 왔다.

박 소장은 공간은 공간으로 보일 때가 가장 아름답다고 말한다. 본연에 충실한 공간이라는 뜻이며 이를 위해 그 역시 선 하나, 면 하나 디테일에 신경을 많이 쓴다. 디테일이 곧 디자인을 완성하기 때문이다.

윤 대표는 일의 영감을 인터넷과 서적에서도 얻지만, 집에 놓은 가구의 디테일과 배치에 변화를 주면서도 찾는다. 마치 하얀 스케치북에 그림을 그릴 때처럼 책상 앞 가구들을 다양하게 배치하면서 공간이 어떻게 변하는지, 컬러 포인트를 줬을 때의 느낌은 어떤지 실제 스타일링을 통해 경험을 쌓고, 안목을 높인다.

"어느 날, 한 지인에게 저희 집 거실 책상과 똑같은 걸 만들어 달라는 의뢰를 받았어요. 책상을 똑같이 제작하는 건 어려운 일이 아니에요. 그런데 거절했어요. 왜냐면 그 책상은 그 공간에 맞게 디자인되었기에 다른 공간에 놓으면 그 느낌이 나지 않거든요."

사람마다 제각기 다른 스타일의 옷이 어울리는 것처럼 공간도 마찬가지다. 그 공간에 어울리는 가구가 있다. 그렇게 탄생한 것이 바로 윤 대표의 책상이다.

거실 책상 외에도 부부의 집에는 책상이 많다. 별도로 마련한 서재 공간에도 작업 테이블이 있는데, 세덱SEDEC에서 구입한 것으로, 이 집으로 이사 오기 전부터 책상 겸 다이닝 테이블로 사용했다. 서재의 책상은 주로 박 소장의 작업 공간이다. 도면을 그리거나 집중해야 하는 일을 할 때 서재의 책상에 앉는다. 한쪽 책장에는 건축과 디자인 관련 서적이 보기 좋고 꺼내 쓰기 좋게 정리돼 있다. 책상 위에는 컴퓨터와 박재우 소장이 즐겨 사용하는 물건들이 질서정연하게 놓여 있다. 미니멀리즘을 추구하는 그의 취향이 이 책상에도 오롯이 드러난다.

책상은 부부의 침실에도 하나 있다. 컬러풀한 색감과 유려한 다리 디자인이 돋보이는 미니멀한 책상은 미국의 건축가이자 가구 디자이너, 에디터로도 다재다능하게 활동한 조지 넬슨GEORGE NELSON의 디자인이다. 조지는 클래식한 가구를 선호하는 미국인들의 취향을 변화시킬 만큼 모던한 가구를 선보인 미국 모더니즘의 창시자이다. 유럽에 브라운사의 디터 람스DIETER RAMS가 있다면, 미국에는 허먼 밀러의 조지 넬슨이 있다고 해도 과언이 아닐 만큼 뛰어난 디자인 디렉터다.

윤 대표는 이 책상에서 주로 책을 보거나 노트에 생각을 정리한다. 업무적인 일 외에 그의 개인적인 일상을 기록하고 감성을 충전할 때 이 책상 앞에 앉는다.

"옛말에 풍광이 멋진 터에는 친구의 집을 지어주라는 말이 있어요. 제아무리 좋은 터에 건축적으로 훌륭한 집을 지어도 살다 보면 그 감동이 오래가지 않거든요. 그런데 그런 집이 친구 집이면 가끔 찾아가서 보게 되고, 그 감동이 길게 갈 수 있죠. 처음에 마음에 쏙 들었던 공간도 점점 익숙해지고 싫증이 나게 돼 있어요. 너무나 자연스러운 일이죠. 하나의 공간이지만, 첫 모습 그대로 머물러 있는 곳이 아닌 자신의 취향대로 가구 배치를 바꾸고, 분위기를 환기하는 경험을 자주 해 보면 공간이 주는 다양한 즐거움을 새롭게 즐길 수 있어요. 의자 하나, 스탠드 하나도 어느 위치에서 어떤 가구와 소품을 매치하느냐에 따라 수많은 표정을 발견할 수 있죠.

내 공간에 손길과 관심을 자주 더하는 것. 바로 내 삶을 사랑하는
또 다른 방법이라 생각합니다."

쉼 없이 공부하는

탐미주의자의 책상

Mstyle 대표

유미영

MY
DESK

우리나라 인테리어 스타일리스트 1.5세대. 2000년대 초반 라이프 스타일 매거진《레몬트리》를 시작으로《행복이 가득한 집》,《까사리빙》,《리빙센스》,《여성동아》등에 매달 트렌드를 짚어 주는 인테리어 화보 및 광고 작업을 해 온 20년 차 베테랑 인테리어 스타일리스트다. 한창 활동하던 2010년에는 문득 인테리어 디자인을 제대로 배우고 싶어 뉴욕으로 공부하러 떠나기도 했다. 한국에 돌아와서도 꾸준히 실력과 내공을 쌓았다. 지금은 인테리어 디자인 스튜디오 Mstyle을 운영하며 주거와 상공간 컨설팅 및 리모델링, 기업의 인테리어 강의, LG하우시스 등 유명 리빙 광고 스타일링과 소파 전문 브랜드 자코모 매장 인테리어 및 VMD 작업을 꾸준히 진행하고 있다. 트렌드 최전선에서 항상 새로움을 찾고, 작업에 적용하는 호기심과 탐구 정신은 그의 업을 점차 확장시켰고, 대중의 눈과 마음을 즐겁게 하는 영감을 제시하며 스타일리스트에서 인테리어 디자이너, 공간 스타일링 강의를 하는 대학 교수 등 경계 없는 활동을 펼치고 있다.

@MSTYLE_YUMIYOUNG

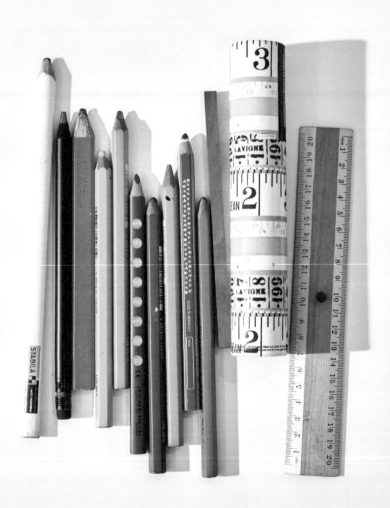

넨도
nendo
디자인 이야기

넨도 지음
마르미 노리오 외 옮김

안그라픽스

디터 람스: 디자이너들의 디자이너

Ten Principles for Good Design:
Dieter Rams

Decorative Art

30s
40s

A source book edited by Charlotte & Peter Fiell

TASCHEN

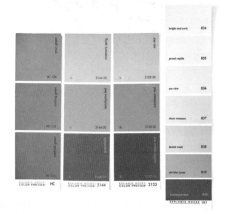

기능적
홈 오피스

최근 집의 가치가 '재산'에서 '내 공간'으로 옮겨 가면서 작은 집을 선호하는 이가 늘었다. 신혼부부, 싱글족 등 1~2인 가구가 늘면서 얼마나 넓은 평수인지보다는 어떻게 해 놓고 사느냐가 중요해진 요즘이다. 인테리어 디자인 스튜디오 Mstyle의 유미영 대표 역시 경기도 남양주의 40평대 아파트에서 서울 상수동 20평대 빌라로 이사하면서 작은 집에 애정과 애착이 더 커졌다.

"전에는 인테리어 스타일링을 선보일 큰 공간이 필요했지만, 지금은 브랜드 광고와 현장 작업이 늘면서 이동이 편한 서울로 이사를 오게 됐어요. 20평대 빌라를 홈 오피스로 개조해 살고 있는데, 그동안 느끼지 못한 공간의 의미를 몸소 체험하며 다시금 되새기게 됐어요."

그는 집이란 이제 하우스HOUSE가 아닌 홈HOME이 되어야 한다고 말한다. 둘 다 집이라는 공통된 의미가 있다. 하지만, 하우스는 그야말로 우리가 사는 집이다. 즉 건물 자체를 뜻한다. 이에 반해 홈은 자신이 편안하게 느끼는 공간을 말한다. 하우스가 눈에 보이는 물리적인 공간의 개념이라면 홈은 사는 사람의 마음마저 보듬는 심리적인 개념을 포함한다.

"집이 크지 않아도 된다는 것을 직접 경험해 보니 공간이나 가구에 대한 고정관념이 사라졌어요. 지금 집의 거실에 큰 테이블을 놓고 홈 오피스로 꾸몄는데, 이 공간에서 일도 하고, 딸과 함께 식사도 하며 취미도 즐기고, 책을 읽는 다용도 공간으로 활용하고 있어요."

그의 홈 오피스는 그야말로 작업 공간이자 창조의 공간, 영감의 공간, 소통의 공간이다. 비록 테이블 하나 서랍장 하나 들어가는 공간이지만, 무엇을 담느냐에 따라 그 표정이 영리하게 바뀌는 스마트한 공간인 것이다.

해가 잘 드는 메인 공간에 자리한 그의 홈 오피스는 널찍한 책상이 그 중심을 잘 잡고 있다. 커다란 도면을 펼치고 작업하기에 가로 1,850mm, 세로 840mm로 일반 사무 책상보다 길이가 길고 폭이 넓은 책상을 사용한다. 의자는 그가 좋아하는 덴마크 대표 디자이너 한스 베그너의 CH88 체어와 북유럽 디자인 회사 비트라의 스탠더드 SP 체어를 마주 보게 배치했다. 적재적소에 컬러를 잘 쓰기로 유명한 인테리어 스타일리스트답게 레드와 옐로우 컬러로 생동감을 준 그의 안목이 돋보인다.

책상 위에는 도면과 시안 작업을 위한 노트북과 그립감이 좋은 색연필들, 그리고 스타일링 작업에 필요한 컬러 스와치 COLOR SWATCH(색의 지정, 전달을 위해 쓰는 각종 소재의 색깔 조각이나 색 견본)와 용도별 자, 펜 등이 담긴 수납함이 놓여 있다. 물건은 필요할 때마다 그때그때 쓰고, 바로 수납함에 정리한다. 도면 작업을 하지 않을 때는 책상 위를 깔끔하게 비운다.

"제가 도면에 스타일링 작업할 때 꼭 사용하는 것이 바로 덴마크 가구 브랜드 몬타나MONTANA의 컬러 스와치예요. 공간은 레이아웃과 인테리어 자재들도 중요하지만, 어떤 색을 쓰느냐에 따라 분위기가 달라집니다. 보통 제가 좋아하는 그린과 그레이 계열을 베이스로 하고, 여기에 공간 콘셉트에 맞게 원색 컬러를 입히는 방식으로 작업해요."

색을 다양하게 활용하지만, 그가 스타일링한 공간에 한결 같이 그의 취향이 묻어나는 건 바로 베이스로 선택한 색들 때문이다. 두꺼운 컬러 스와치 샘플도 있지만, 너무 종류가 많으면 오히려 작업에 지장이 오기에 그가 좋아하는 컬러 스와치만 따로 보관하고, 여기에 색을 하나하나 입히는 방식으로 일한다.

그의 책상 뒤 벽면은 새로운 것을 찾아내는 큐레이션, 다양한 스타일의 조합을 항상 염두에 두는 영감의 창고 같은 곳이다. 책상 앞 공간은 일을 보는 사무 공간이지만, 뒤로 돌면 바로 좋아하는 소품들로 꾸민 그만의 컬렉션 공간이다. 그 자체가 하나의 포트폴리오라고 해도 과언이 아닐 정도로 북유럽, 프렌치, 중남미, 오리엔탈 등 스타일에 제한을 두지 않는 그의 취향을 오롯이 느낄 수 있는 오브제들이 자리한다.

공간의 마침표,
그림과 식물

그가 공간을 마무리하는 홈 스타일링의 3요소는 그림, 조명, 식물이다. 특히 그림은 그가 최근 가장 관심 두는 분야다. 그는 유명 작가의 작품을 소장할 수 없다면 신진 작가의 작품이나 미술관 아트 숍에서 판매하는 전시 포스터, 아트 프린트를 선택하는 것이 예술을 즐기는 실용적인 방법이라고 제안한다.

"유명 작가의 원본을 소장하는 건 비용 부담이 커서 선뜻

다가서지 못하는 경우가 많아요. 그렇다고 일상에서 예술을 즐길 수 없는 건 아니죠. 최소 비용으로 최대의 효과를 낼 수 있는 팁이 바로 전시 포스터나 아트 프린트, 또는 신진 작가의 작품을 고르는 거예요."

아트 프린트는 프린트 업체와 정식 제휴해서 유명 작가 작품을 프린트한 그림이나 사진 등을 말한다. 저작권 문제가 해결된 작품으로, 퀄리티 좋은 원본 프린트를 합리적인 가격대에 부담 없이 구매할 수 있다.

"그림에 관심이 커지면서 최근 오픈 갤러리처럼 그림을 주기별로 대여해 주는 업체도 다양하게 생겨나는 추세에요. 하지만, 그림을 대여한다는 것 자체가, 작품마다 차이는 있지만, 금세 감흥이 떨어진다는 건데, 전시 포스터나 아트 프린트는 원작에 대한 감동과 경험도 고스란히 느낄 수 있고, 비교적 가격이 저렴하기 때문에 원할 때 다른 작품으로 손쉽게 바꿀 수 있어 일상에서 부담 없이 예술을 즐기는 대안이 될 수 있어요."

그가 해외여행이나 출장을 갈 때 꼭 둘러보는 곳이 바로 그 나라의 미술관이다. 노르웨이 뭉크 뮤지엄에 갔을 때 받은 쇼핑백을 오려 액자에 넣기도 하고, 전시 포스터를 구매해 그만의 컬렉션을 완성하기도 한다.

"그림을 즐기는 데는 특별한 방법이 없어요. 제아무리 유명 작가 작품이라도 울림이 없으면 그건 내게 맞는 그림이 아니죠. 첫눈에 딱 보고 마음이 움직이면 좋은 그림이에요. 옷도 많이 입어 봐야 내게 맞는 옷을 찾을 수 있는 것처럼, 그림 역시 갤러리나 미술관 등에 자주 가서 그림을 많이 봐야 보는 눈도 높아지고, 취향에 맞는 그림도 찾을 수 있어요. 그 과정을 하나의 놀이처럼 재미있게 즐기는 것도 일상에서 예술을 친근하게 만끽할 수 있는 방법 중 하나입니다."

그는 유명 작가의 전시 포스터도 그림에 색다른 재미를 준다고 말한다. 전시를 알리는 포스터이기 때문에 작가의 색깔이 강하게 묻어나는 데다 그래픽 요소를 더해 요즘 트렌드와도 잘 맞고, 디자인 가치도 높아서다. 또, 유명한 작가가 아니라도 신진 작가의 창의적인 작품을 찾는 일도 열심이다. 이미 알려진 작품과는 달리 창의적인 아이디어로 생각의 틀을 깨 주고, 볼 때마다 새로운 영감을 전해주기 때문이다. 그의 컬렉션 중 뉴욕의 한 지하철 벽면을 사진 찍어 그 위에 콜라주 작업을 한 작품이 있는데, 이렇게 생각하지 못했던 의외의 신선함이 그에게는 그 무엇보다 매력적이다.

작품이 놓인 빈티지 원목 수납장 안에는 유리, 거울, 촛대 등 스타일링에 자주 사용하는 소품을 종류별로 정리해 놓았다. 필요한 소품을 찾는 시간 낭비 없이 일이 있을 때마다 소품만 꺼내 바로바로 현장에 나갈 수 있도록 한 것이다.

그림과 함께 어우러진 식물들 역시 그가 인테리어 스타일링을 할 때 꼭 사용하는 디자인 오브제다. 식물을 공간에 매치하는 플랜테리어는 그가 10여 년 전부터 관심을 가졌던 분야. 공간에 식물이 더해져야 비로소 살아 숨 쉬는 생명력을 갖게 된다.

발로 뛰며 공부하는
탐미주의자

"어떤 분야든 관심이 있으면 궁금증이 확실히 풀릴 때까지
책이나 전문가를 찾아 공부해 내 것이 되도록 몸에 익혀요. 식물
역시 관심이 생기니 자연스레 가드닝을 공부하게 됐고, 차나 도자
기도 마찬가지로 다양한 전시나 행사 등을 통해 직접 발로 뛰면서
공부했죠."

그의 최근 관심사는 다양한 집짓기와 미니멀리즘의 정수를
보여 주는 일본의 디자인 스튜디오 넨도와 디터 람스 등과 같이
집안 곳곳에 놓인 책에서 엿볼 수 있다. 매달 5만 원의 책 구매 비
용을 정해 놓고 인문학, 인테리어, 경제, 경영 등 분야를 가리지 않
고 새로 나온 책이나 관심이 가는 분야의 책을 산다. 끊임없이 공
부하는 습관을 갖게 한 그만의 독서 방식이기도 하다.

"보통 도면 작업할 때는 책상에서 하지만, 책을 보거나 아이
디어를 구상하는 곳은 어디든 책상이 된다고 생각해요. 그게 스툴
이나 사이드 테이블 또는 침대가 될 수도 있죠. 책상이라고 정해진
곳에서만 일하고 공부한다는 건 생각에 제약을 줄 수 있어 오히려
비효율적이라고 생각해요."

그에게 책상의 범위는 일과 독서, 그리고 생각을 하는 모든
장소다. 공간이나 물건 활용에 제약이 없어지면 생각이 좀 더 자유
로워지기 때문이다.

"제가 기본적으로 탐구 정신은 있는 거 같아요. 소재도 새로
운 것이 나오면 가서 눈으로 확인하고 만져 봐야 하죠. 또 공간에

어떻게 적용될지 몰라도 과감히 시도부터 해 봐요. 그래야 그 속에서 배움이 생기고, 뭐든 몸으로 익혀야 빠르게 감각을 넓힐 수 있죠."

그는 새로 오픈한 숍이나 전시 등이 있으면 바쁜 일정을 쪼개서라도 꼭 찾아간다. 작업을 하다 보면 따로 시간을 내서 공부할 수 없기 때문에 발로 뛰며 트렌드를 익히고, 그 속에서 배움을 얻는다.

"핫한 카페나 숍, 그리고 전시나 행사장 등에 꼭 가는 것이 트렌드를 익히는 공부예요. 요즘은 바빠서 앉아서 책 읽을 시간도 없고, 이렇게 몸으로 부딪치며 찾아서 배우고 익혀야 더 깊이, 그리고 오래 남더라고요."

그는 인테리어 스타일링이 생소했던 2000년대 초반부터 일했다. 그 당시 집을 꾸민다는 건 단순히 홈패션이었다. 인테리어라고 해 봤자 도배하고, 침구나 커튼 바꾸는 정도였다. 침구나 커튼은 패브릭이기에 홈 스타일링이 아닌 홈패션이라고 불렸다. 그렇게 홈패션을 하는 코디네이터에서 인테리어 스타일리스트로 그리고 지금은 크리에이티브 디렉터, 공간 디렉터 등 다양한 명칭으로 불리는 시대가 되었다. 그만큼 집에, 인테리어에 관심이 높아졌다는 증거다.

"인테리어는 단순히 집이 아닌 우리의 일상과 삶을 가꾸는 일이에요. 인생을 담는 그릇이기에 한 가지 분야만 파고들어서는 폭넓게 이해할 수 없죠. 그래서 끊임없이 공부해요. 깊이 연구하고 파고들지 않고 공간을 스타일링하면 그저 유행만 따라 하는 셈이 되는 거죠."

　　　그는 인테리어 스타일리스트를 꿈꾼다면 공간에 대한 관심은 물론 한 가지를 깊이 파고드는 집요함과 탐구심을 갖춰야 한다고 조언한다. 어떤 브랜드가 좋으면 그저 그 브랜드를 따라가는 게 아니라 그 브랜드의 역사를 알아보고, 디자이너들의 책을 찾아 읽고 왜 그런 디자인이 나왔는지 깊이 이해해야 창의적 응용이 가능하다. 끊임없는 공부와 발견한 것을 다듬는 심미안이 지속적으로 숙성됐을 때 그 사람의 취향과 감각이 완성되는 것이다. 넘쳐나는 정보 속에서 무엇을 취하고, 공간에 어떤 가치를 담을 것인지 스스로 판단할 수 있는 능력과 기준을 지녀야 한다.

　　　"트렌드를 쫓는 것이 아닌, 트렌드 중 내가 원하는 것을 올바르게 취할 수 있는 역량이 중요해요. 제가 트렌드를 열심히 공부한 결과, 그저 값비싼 가구와 소품이 중요한 게 아니라, 최종적으로 남는 스타일링은 결국 그곳에 사는 사람을 존중하는 공간이라는 생각이 들었어요. 나를 편안하게 하는 그림, 나를 따뜻하게 비춰 줄 조명, 내가 좋아하는 책과 물건들. 그것들로 채운 편안한 집. 가구를 모시고 사는 집이 아닌 내 몸과 마음이 편히 쉴 수 있는 공간이 바로 진정한 집의 의미가 아닐까 생각합니다."

자연을 바라보는 곳

어디든 내 책상

푸드 & 리빙 스타일리스트

김유림

대학에서 섬유공예를 전공했다. 결혼 후 아이를 키우며 평범한 주부로 10여 년을 지내다 무료한 생활에 활력을 불어넣기 위해 요리와 스타일링을 배웠다. 2006년 독립해 맘스웨이팅 mon's waiting이라는 쿠킹 & DIY 스튜디오를 오픈하며《여성동아》,《리빙센스》,《까사리빙》,《메종》,《올리브 매거진 코리아》등 각종 잡지와 사보,〈바람의 화원〉,〈사임당 빛의 일기〉,〈푸른 바다의 전설〉등의 드라마, 삼성 오븐, 돌 코리아 광고에서 요리와 푸드 스타일링을 했다. 그 외에도 요리 수업, 기업 강의, 브랜드 메뉴 컨설팅 등을 겸하며 하루 24시간이 모자를 정도로 바쁘게 일했다. 2019년 제주에 집을 짓고, 복합 문화 공간 '달링 하버 제주'를 열어 아틀리에, 카페, 다양한 요리 수업을 여는 커뮤니티 공간으로 운영 중이다. 저서로는《헬로, 리본》,《베지터블》,《샐러드》가 있다.
@DARLING_HARBOUR_JEJU

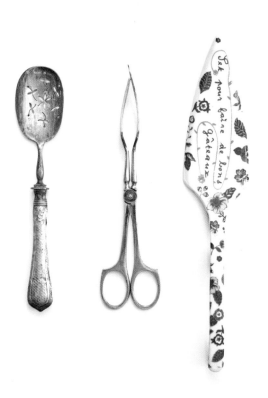

64

제주도에 펼친
꿈의 공간

맘스웨이팅 푸드 & 리빙 스튜디오를 운영하는 김유림 실장. 그는 10여 년 넘게 각종 잡지와 방송, 광고업계에서 요리와 리빙 스타일링을 하며 오로지 일에만 몰두해 살았다. 그런 그가 서울 생활을 정리하고, 제주도로 터전을 옮긴 건 갑작스러운 결정이 아니었다.

"제주도는 30대 때부터 50대가 되면 꼭 살아 보고 싶은 곳이었어요. 그 생각을 마음속에만 갖고 있었는데, 4~5년 전 제주도에 일이 있어서 자주 내려가게 됐죠. 그때 느꼈어요. 제주에서도 그동안 서울에서 해 오던 일을 꾸준히 이어서 할 수 있겠다는 것을요. 제주의 삶이 제가 좋아하는 일을 다시 재미있게 재구성할 수 있는 연장선이자 터닝 포인트가 될 수 있겠다는 확신이 들었고, 그때부터 서서히 준비를 시작했어요."

그렇게 그는 제주에 내려와 땅을 알아보고 한경면에 터를 마련해 2018년 11월(내부 재시공으로 본격적인 오픈은 2019년 4월이다), 그가 꿈꾸던 집과 카페, 복합 문화 공간이 어우러진 달링 하버의 문을 열었다. 달링 하버라는 이름은 호주 시드니의 항구 지역에서 따왔다. 예전에는 발전소와 조선소가 있던 지역이었지만, 대대적인 재개발 계획으로 지금은 시드니에서 가장 '핫'한 도시로 떠올랐다. 달링 하버라는 낡은 항구가 사람들의 손길과 발길로 다시 살아난 것처럼, 그는 보다 많은 이에게 '공간에 정성과 사랑을 다한다'는 메시지를 전달하고 싶어 한다.

김유림의 달링 하버는 제주의 푸른 하늘과 돌, 그리고 숲과 잘 어우러진 단정한 목조 주택이다. 한쪽은 그가 생활하는 살림집이, 그리고 다른 한쪽은 카페 겸 클래스, 강의, 소모임 등 다양한 프로젝트를 진행할 수 있는 복합 문화 공간으로 나뉜다.

우선, 문을 열고 들어서면 삼각 지붕의 높은 층고가 탁 트인 개방감을 준다. 깔끔하게 정돈된 새하얀 공간에는 원목 가구와 초록 식물들이 내추럴한 분위기를 가득 자아낸다. 가장 먼저 눈에 띄는 건 바로 삼각 집 모양의 원목 구조물이다. 지금은 초록 식물들을 배치했지만, 계절과 테마에 따라서 패브릭이나 소품을 드리워 다양한 모습으로 연출한다. 단순히 좋은 공간이 아니라 무엇을 하느냐에 따라서 달링 하버가 다양하게 변신할 수 있도록 액자 프레임 같은 역할을 한다.

"요리를 만들고 레시피를 연구하는 일을 주로 하기 때문에 제 책상은 상황에 따라 다양하게 바뀌어요. 베이킹을 할 때는 작업대가 책상이 되고, 요리 레시피 아이디어를 구상할 때는 집 모양의 구조물 밑에 있는 널찍한 테이블이 책상이 되죠. 또, 어떤 날은 단상의 소반 앞에 앉아 창밖을 바라보며 영감을 받기도 하는데, 그 모든 공간이 다 제 책상이 되는 것 같아요."

작업대, 원목 테이블, 소반
모두 그의 책상

달링 하버는 특별한 프로젝트가 없는 날에는 카페로 운영

된다. 메뉴는 디저트와 음료를 선보이는데, 디저트는 명란 하버 키시QUICHE(페이스트리에 달걀과 크림 등 여러 가지 식재료를 넣은 프랑스의 대표적인 요리), 올리브 달링 키시, 현무암 스콘, 캐러멜 스콘, 고르곤졸라 파운드 케이크, 에그 타르트 등이 있다. 음료는 기본적인 커피 류부터 토마토 매실 절임 에이드, 야생화꿀 레몬티, 아이스티 등 다양하다.

"카페 영업이 끝나면 다음 날 나갈 디저트를 만들기 위해서 반죽을 만들어요. 그래서 저녁이 되면 다시 주방으로 출근하죠. 제주도는 오후 6시 정도면 해가 넘어가서 정말 칠흑같이 어두워요. 잔잔히 흐르는 음악을 들으며 작업대에서 반죽을 만들면 어지러운 머릿속도 정리되고, 서울에서 좀처럼 느끼지 못한, 굉장히 고요한 기분이 들어요."

오일 스테인을 바른 자작나무 합판으로 만든 그의 주방은 오픈형 구조라 어떤 작업을 하는지 눈에 훤히 보인다. 오픈 키친을 만든 이유는 달링 하버가 카페이기는 하지만, 다양한 프로젝트를 하는 복합 문화 공간이기에 평소 어떤 일을 하는지 이곳을 찾는 이들에게 보여 주고 싶었기 때문. 동선을 고려해 ㄷ자 주방 안에 널찍한 사각 대리석 작업대를 놓은 구조인데, 주방 식기와 도구는 작업대 밑과 상부장에 넣도록 넉넉하게 수납공간을 짜 넣었다. 작업대 밑에는 큰 오븐 2개가 있으며 자주 사용하는 식기는 빨리 꺼내 쓰고 정리할 수 있도록 오픈형 수납공간을 마련했다. 작업대에서는 베이킹을 주로 하지만, 여럿이 모여 작업할 수 있을 정도로 넉넉한 크기라 소규모 요리 클래스도 진행한다.

"반죽을 마친 뒤 퇴근했다가, 아침 9시쯤 주방으로 다시 출근해요. 그리고 본격적으로 그날 선보일 디저트를 만들죠. 작업대 위에는 가능한 그때 필요한 물건만 올려놔요. 그래야 필요한 물건을 찾느라 시간 낭비하는 일 없이, 오픈 전에 여유로운 마음으로 정성껏 디저트를 만들 수 있죠."

다른 방해 없이 음식에 정성을 쏟기 위해서는 손에 익은 조리도구를 사용한다. 그가 즐겨 쓰는 조리도구는 손에 꼭 맞는 우드 밀대와 거품기, 하얀 고무 주걱, 브러시와 계량스푼 등 족히 10년 넘게 그와 함께한 것들이다. 맘스웨이팅 푸드 & 리빙 스튜디오를 열 당시부터 따뜻한 햇볕이 감도는 화이트 톤의 공간이 좋았고, 물건 역시 화이트나 우드, 스테인리스 등 내추럴한 톤으로 꾸준히 사용해 왔다. 쓸 때마다 여전히 정갈하고 따뜻한 기운이 감돌기 때문이다.

"10여 년 넘게 푸드 스타일리스트로 활동하며 식기와 조리도구 등을 그 누구보다 많이 접했죠. 그동안 차곡차곡 모은 물건들은 따로 창고에 보관해 특별한 날에, 필요할 때 꺼내 써요. 자주 사용하는 매일의 물건은 주방에 두고 사용하고요. 그중 여전히 제 손에 자주 쥐어지는 물건들은 실용적이고 심플한 디자인인 것 같아요. 딱히 특정 브랜드를 선호하지 않아요. 물건을 살 때 실용성과 유행을 타지 않는 디자인인지 잘 따져 보죠. 그래야 쓸 때마다 만족감을 느끼며 오래 쓸 수 있어요."

새것도 쓰지만, 손이 자주 가는 건 역시 익숙한 것들이다. 색이 하얗다 보니 변색된 것도 있다. 하지만, 변하면 변한대로 멋스러운 느낌이 있다. 계량스푼이나 요리 핀셋 등을 넣어 두는 은은한 민트색의 사각 틴 케이스도 12년 넘은 빈티지다. 음식을 담는 그릇 역시 친정어머니에게 물려받은 것이나 해외 벼룩시장에서 산 플라워 패턴의 빈티지를 좋아한다. 세월의 흔적이 깃들어 더욱 아름답고, 보면 볼수록 따뜻해 정이 가는 물건들. 빈티지의 매력은 바로 그런 것이다.

홈 베이킹을 할 때 그의 책상은 작업대지만, 레시피를 짜거나 요리 스타일링을 구상하거나 새로운 프로젝트를 기획하는 책상은 따로 있다. 주방 맞은편의 집 모양 구조물에 있는 2,500mm 길이의 원목 테이블이다. 주방 맞은편은 손님들을 맞는 카페 공간이지만, 영업시간 외에는 모든 자리가 그의 책상이 된다. 그중 창밖을 바라볼 수 있는 큰 원목 테이블은 그가 노트에 레시피를 적거나 책을 볼 때 주로 앉는 자리다. 원목 상판 밑에 어렵게 구한 금속 다리를 매치해 클래식하면서도 자연미가 살아 있는, 세상에 하나뿐인 그만의 테이블을 제작했다.

"이 자리에 앉아 있으면 창밖을 멍하니 바라보게 돼요. 서울에서는 멍하게 있을 시간이 없을 정도로 24시간을 초 단위로 쪼개며 바쁘게 살았죠. 이렇게 그저 생각을 비우고 자연을 바라보다 보면 불현듯 새로운 요리 재료가 떠오르고, 자연의 색에서 스타일링 영감을 받기도 해요."

바라보고 생각하고
시도하기

전에 그가 레시피 작업을 할 때는 전체적인 가이드라인이 있기에 항상 그것을 염두에 두고 작업해야 했다. 콘셉트란 제약이 있었기에 그가 할 수 있는 건 그것이 최선이었다.

"제주에 와서는 뭔가 해 보고 싶은 게 많아졌어요. 아무 제약 없이 마음대로 시도해 볼 수 있는 게 참 좋아요. 창밖의 꽃을 보고 제주의 식용 꽃을 찾아 요리해 보고, 푸른 나무 사이에 핀 보라색 꽃에서 영감을 받아 보라색과 초록색 식재료로 스타일링해 보기도 하죠."

창밖에 펼쳐진 아름다운 파란 하늘. 기분 좋은 계절의 바람 그리고 매일 다른 바람 소리, 새소리가 그에게는 일을 활기차게 할 수 있도록 돕는 긍정의 에너지이자 영감이다.

"제주에 와서는 특히 식재료 연구를 많이 하게 돼요. 타임을 기르고 있는데, 제가 평소 쓰던 타임보다 짧고 단단해서 이 타임으로 어떤 걸 만들면 좋을까, 하는 생각도 많이 했죠. 요리의 기본인 재료 공부를 자세히 하게 되고, 그만큼 더 레시피 아이디어도 폭넓어지는 거 같아요."

서울에서 일할 때는 연습이 곧 실전이었다. 촉박한 스케줄 때문에 실패를 해서는 안 된다는 부담감이 커서 다양하게 시도를 못 했다. 하지만, 제주의 삶은 다르다. 실패해도 부담이 없다. 새로운 것을 배우는 과정이기에 오히려 더 재밌다."

큰 테이블뿐 아니라 창가 단상 위에 놓인 소반도, 꽃병이 놓인 작은 테이블도 그가 앉아서 창을 바라보고 생각할 수 있는 곳은 모두 그의 책상이다. 그에게 책상이란 한 자리에 고정된 가구가 아닌 사유할 수 있는 모든 곳이다. 책상에서 바라보는 자연은 그가 다시 활기차게 요리에 집중할 수 있도록 응원하고 격려해 주는 친구이자 스승이다.

내 책상은 재미있는 일이 샘솟는

창작 아카이브

뮤직비디오 감독, 시안컴퍼니 대표

최시안

대학에서 영상디자인을 전공하고, 모델 에이전시 회사를 운영했다. 1998년 무렵, 에이전시 대표로 일하던 중 드라마 〈겨울연가〉 OST를 부른 가수 류RYU의 뮤직비디오 의뢰를 하기 위해 가수 조성모의 〈To Heaven〉을 연출한 김세훈 감독을 찾아갔다. 그 당시 스케줄 문제로 작업을 못 하게 됐지만, 그때의 연으로 뮤직비디오 연출의 재미를 처음으로 느꼈다. 2000년도부터 에이전시 회사 대표에서 뮤직비디오 조감독으로 전업해 점차 실력을 쌓아 나갔고, 2007년부터 가수 지아의 〈바이올린〉을 시작으로 성시경 〈안녕 나의 사랑〉, KCM 〈Only You〉, 애즈원 〈헤어져〉, 박재범 〈별〉, 〈Know Your Name〉 등을 제작하는 실력파 뮤직비디오 감독으로 자리 잡았다. 뮤직비디오와 사진 작품 활동 외에 다양한 아티스트와 전시도 기획하며 분야를 넘나드는 도전을 끊임없이 하고 있으며 시아니 TV, 시아니 테이블을 운영하고 있다.
@SIANITV @SIANITABLE

뉴질랜드에서 만난
앤티크 책상

뮤직비디오 감독 최시안의 앤티크 책상은 2001년 배우 김하늘과 고수의 출연으로 화제를 모았던 포지션 6집 〈더 로맨티스트〉 뮤직비디오 촬영차 떠난 뉴질랜드에서 구입한 것이다.

"촬영 일정을 마치고, 뉴질랜드의 한 아파트에 머물며 편집 작업을 해야 했어요. 그때 당장 일할 책상이 급히 필요했고, 촬영 소품을 구하러 갔던 현지 앤티크 숍에서 지금의 책상을 보고 첫눈에 반해 버렸죠. 그래서 뉴질랜드에서 한국까지 배로 책상을 실어 왔어요."

그의 책상은 1800년대에 만들어져 세월의 흔적이 고스란히 묻어난다. 접이식 구조라 상판을 열면 책상이 되고, 상판을 닫으면 클래식한 오브제로 손색없는 고풍스러운 수납 가구가 된다. 아래에는 8칸의 서랍이, 안쪽에는 책과 소품을 정리할 수 있는 칸막이가 다양해 물건을 정리하기 쉬운 것 또한 장점이다.

이 앤티크 책상은 청담동에 있는 그의 스튜디오에 있다. 높은 층고가 매력적인 곳으로 창밖으로는 도심이 한눈에 내려다보이고, 빈티지한 외부 계단이 창을 가로질러 마치 뉴욕 맨해튼에 와 있는 듯 착각을 불러일으킬 정도로 이국적인 정취가 가득하다.

창가에는 오랫동안 간직해 온 원목 클래식 피아노와 앤티크 책상, 그리고 책상과 함께 산 앤티크 서랍장, 그 옆으로 스메그 냉장고와 빈티지 가스 오븐 등이 차례로 놓여 있다. 마치 뮤직비디오 한 장면을 보는 듯 잘 꾸며진 세트장 같지만, 이곳이 실제 그가 작업하는 공간이다.

"최근에 새로 구매한 것은 거의 없어요. 오랫동안 뮤직비디오 작업을 하며 하나씩 모은 소장품들이죠. 이사할 때마다 함께하며 20여 년 동안 저와 동고동락했어요. 그래서 물건 하나하나에 잊지 못할 추억의 스토리가 담겨 있죠."

그의 책상은 해외 촬영지에서 편집 작업대로 활용했지만, 한국에 와서는 여러 가지 복잡한 일로 마음이 흔들릴 때, 프로젝트가 하나 끝나고 새로운 일을 준비할 때 등 주로 마인드 컨트롤이 필요할 때 사용한다.

"이 책상에서는 책을 읽거나 노트에 펜으로 일기를 써요. 마음의 안식처 같은 곳이죠. 생각이 필요할 때나 고민이 있을 때 컴퓨터보다는 노트에 글로 정리하면 금세 복잡한 마음이 정리되고, 치유가 되죠. 아무래도 제가 좋아하는 물건들이 주변에 있다 보니 좀 더 안정되는 거 같아요."

그의 책상과 그 주변의 물건들은 그만의 취향을 보여주는 컬렉션과도 같다. 아날로그 빈티지 폴라로이드 카메라, 코카콜라가 새겨진 정감 있는 스탠드, 유니크한 해골 모양 향초와 힘차게 달리는 말 오브제, 표지부터 시선을 끄는 다양한 주제의 외국 서적들과 사진집, 그리고 각종 CD 역시 제각각 존재감을 뿜내며 위풍당당하게 자리하고 있다.

"뮤직비디오는 한 편의 짧은 영화라서 탄탄한 스토리가 밑바탕이 되어야 하죠. 그래서 예전부터 시나리오 쓰는 것에 관심이 많았어요. 그 꿈을 이루기 위해 최근에는 책상에서 시나리오 책을 열심히 읽으면서 시나리오 쓰는 연습을 해요. 제가 경험한 모든 것들, 그리고 제 주변의 물건들이 모두 영감을 주는 것들이죠. 하나 하나 추억을 되새기며 이야기가 완성되는 날이 곧 이 책상에서 펼쳐지겠죠."

뮤직비디오 감독에서
공간 스타일리스트로

뮤직비디오 감독은 단순히 촬영만 잘해서는 안 된다. 전달하고자 하는 메시지를 화면에 함축적으로 담아내는 능력이 필요하다. 그야말로 시인이 되어야 하는 것이다.

"시인은 글로, 저 같은 뮤직비디오 감독은 한 컷 한 컷 프레임 안의 잘 만든 이미지로 메시지를 표현해야 하죠. 그래서 배우의 표정은 물론 공간과 상황 연출도 중요해요. 그러다 보니 공간을 보는 안목과 더불어 스타일링 실력까지 두루 섭렵하게 됐어요."

최 감독은 다양한 뮤직비디오 연출 경력을 쌓으면서 인테리어 스타일리스트 못지않은 남다른 감각과 안목을 탄탄히 갖추었고, 실제 주변 지인들의 의뢰를 받아 집을 시공하는 일도 했다. 일에 필요한 스타일링 실력이 취미가 되었고, 친구의 집, 아는 사람 집, 그리고 자신이 운영했던 에어비앤비 시아니 아파트와 쉐어하우스, 카페, 댄스학원, 레스토랑, 아트존과 같은 상업공간까지 작업하면서 공간 스타일리스트라는 제2의 직함까지 얻게 되었다. 그 집 중 가수 박재범의 부모님 집과 AOMG 작업실도 있다.

"저의 뮤직비디오 첫 시작은 바로 쿨의 〈맥주와 땅콩〉이란 노래였어요. 뮤직비디오 촬영을 위해 괌으로 갔고, 그때부터 조감독을 시작했죠. 그 당시 아트 디렉터가 없었기 때문에 의상부터 공간 스타일링까지 모두 도맡아 했죠. 해외 촬영지에서도 필요한 소품이 있으면 무조건 다 발품을 팔아 구해야 했어요. 원하는 소품과 공간이 없으면 직접 만들어서라도 촬영했죠. 그때부터 국내는 물론 해외 빈티지 리빙 숍들을 샅샅이 찾아다녔어요. 그 소품들이 제 책상 주변을 가득 채우고 있죠.”

인테리어를 전문적으로 전공하지는 않았지만, 오랜 세트 제작과 촬영 경험, 그리고 공간에 대한 열정으로 그는 공간 스타일리스트라 불러도 부족하지 않을 만큼 수준급의 실력을 갖췄다.

“사람들 각자 표현하는 방식이 다르잖아요. 저는 빈티지를 특히 좋아하는데, 새것이 주지 못하는 세월의 흔적과 손맛이 주는 편안함, 그리고 자연스러움이 좋아요. 너무 빈티지만 있으면 자칫 지루할 수 있으니 모던한 북유럽 가구와 소품들, 그리고 키치한 아이템을 함께 매치하죠. 스타일이나 디자인에 한계를 두지 않기 때문에 더 재미있고 창의적인 공간이 나오는 거 같아요.”

물건들 역시 줄지어 반듯하게 정리하기보다는 자연스럽게 툭 던져두는 편이다. 손 가는 대로 눈길 가는 대로 위치를 바꿔 날마다 신선한 자극을 받는다. 각기 다른 뮤직비디오에 쓰인 물건들이 완벽한 앙상블을 이룬 것도 그의 자유분방함 덕분이다.

“인테리어에 관심이 많아 책상 주변에는 인테리어 관련 서적도 다양하게 있어요. 직업 특성상 해외 촬영이 많아요. 그래서 출장 때마다 외국의 인테리어 스타일을 직접 눈과 마음에 담아 오죠. 또, 다양한 인테리어 서적을 통해서도 저만의 스타일링 영감을 얻어요."

　　뮤직비디오는 물론 인테리어 스타일리스트로, 그리고 다양한 아티스트와의 전시 활동이나 책 집필 등, 그가 늘 새로운 영역에 도전할 기회를 열어 준 것은 평생을 이어 온 예술에 대한 열정이다.

　　"뮤직비디오 감독으로 일하면서 다양한 분야의 사람을 알게 됐고, 한 번 맺은 인연은 가능한 한 오랫동안 관계를 유지하려고 노력해요. 그래서 종종 친한 지인들과 함께 시아니 마켓이라는 바자회도 열죠."

　　그의 스튜디오에서는 뮤직비디오부터 광고나 사진 촬영은 물론 패션쇼, 미술가들과 함께하는 전시회도 다양하게 열린다. 문학, 미술, 음악 등 다양한 영역이 자유롭게 펼쳐지는 갤러리이기도 하며, 협업하며 새로운 작품 세계를 펼쳐나가는 예술의 장이기도 하다. 또 많은 사람이 예술을 좀 더 친근하게 즐길 수 있도록 다양한 주제로 수업도 진행한다.

　　"다양한 영역의 사람들과 창의적인 일을 할 때 가장 행복하고 신이 나요. 이러면 안 된다는 고정관념에 얽매여 작업하면 한계가 생기기 마련이죠. 누구나 함께 즐길 수 있는 예술 놀이터이자 사랑방 역할을 하고 싶어요."

　　공간은 사는 이의 인생 철학을 담고, 그 안의 물건은 취향을 담는다. 옛것을 소중히 간직하고, 그 안에서 자유롭게 생각의 나래를 펼치며 상상하는 무엇이든 실현하고자 하는 그의 생활 방식은 그의 물건 속에 고스란히 배어 있다. 뮤직비디오에 쓴 책상과 의자, 일에 영감 받았던 책들, 새로운 도전의 불씨가 된 CD와 책들.

"한 번 사용되었던 물건들도 애정을 갖고 관심을 두면 한 가지 역할이 아닌 다양하게 활용이 가능해요. 그래서 빈티지에 더욱 빠지게 되죠. 하나하나 사연을 담고 있는 물건들, 거기서 끝나는 게 아니라 새로운 아이디어에 관한 힌트를 얻고, 그걸 적극적으로 실현해 더 많은 이야기를 가진 물건이 되게 할 수 있어요. 그럼 평생 함께할 수밖에 없어요. 앞으로 어떤 스토리가 덧붙여질지 기대도 되고요."

옛 물건을 소중히 간직하는 건 물건을 쉽게 버리지 못하는 성격 때문이 아니다. 그 물건이 가진 역사는 아직 끝나지 않았고, 어디에서든 새로운 역할을 하며 새 이야기를 풀어낼 영감의 오브제이기 때문이다. 그의 이야기가 가득 담긴 물건들이 앞으로 얼마나 더 재미있는 프로젝트에 활용될지 궁금하다.

내 책상은 나를 보여주는

포트폴리오

삼플러스 디자인 대표

김진영

주거와 상업 공간의 경계를 허무는 트렌디한 디자인
으로 큰 주목을 받는 인테리어 시공 · 디자인 회사
삼플러스 디자인의 대표. 목공 일을 하는 아버지의
영향으로 공간에 관심을 갖게 되면서 다양한 인테리
어 관련 자격증을 취득했다. 그 후 인테리어 회사에
입사해 차근차근 경력을 쌓은 뒤 삼플러스 디자인으
로 독립한 17년 차 베테랑 인테리어 디자이너다. 이
전에는 대규모 주상 복합이나 브랜드의 공간, 카페
등 상업 공간 위주이 프로젝트를 진행했으며, 삼플
러스 디자인을 시작하면서 주거 공간까지 아우르는
전방위 인테리어 디자이너로 활약하고 있다. 상업
공간을 작업했던 경험을 살려 주거 공간에도 과감한
디자인 요소를 더해 크게 화제를 모았다. 획일화된
공간에서 벗어나기 위해 인테리어 자재에 대한 새로
운 접근도 꾸준히 하고 있다.
WWW.3PLUSDESIGN.CO.KR

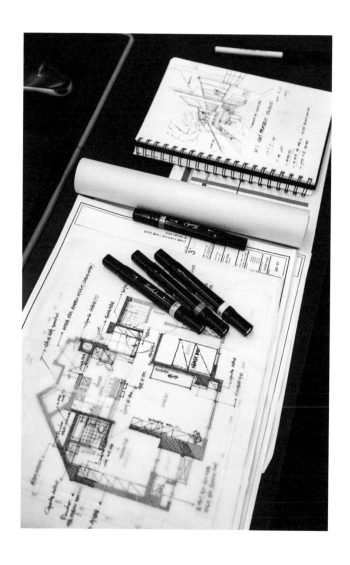

건축 외장재로 제작한
세상에 하나뿐인 책상

우리가 살면서 꼭 필요한 의식주에 '+디자인하다'라는 뜻을
담은 삼플러스 디자인. 이곳의 김진영 대표는 생활에 꼭 필요한 디
자인을 더해 행복하고 편안한 공간을 만드는 인테리어 디자이너다.

"회사를 운영하기 전 상업 공간을 많이 작업했어요. 상업 공
간은 주거 공간과 다르게 내부에 사용하는 인테리어 자재가 좀 더
다양하고, 인상에 남는 특별한 포인트를 주는 디자인 요소들도 들
어가기 때문에 새로운 시도를 많이 했죠. 그러다 보니 집은 꼭 이
래야 한다는 고정관념을 깨고, 다양한 시도를 할 수 있었던 거 같
아요."

획일화된 공간에서 벗어나기 위해 끊임없는 연구와 시도
를 하는 그의 책상 역시 독특하다. 건물의 외부를 마감하는 데 쓰
는 외장재를 책상 상판으로 사용해 세상에 하나뿐인 그의 책상을
만들었다. 책상 상판으로 쓴 검은색 구로 철판은 보통 두께가 얇고
견고한 특성에, 건물 외부 벽면이나 복층으로 올라가는 철 계단을
만들 때 사용하는 외부 마감재다. 집 안이 아닌 밖에서 사용하는
자재지만, 이 검은 철판 소재가 주는 강인함과 거친 시크함을 실내
에 담고 싶었다.

"구로 철판은 소재가 주는 매력은 있으나 철판이니 차가운
느낌이 들죠. 그걸 보완하기 위해 같은 색의 가죽 데스크 매트를
깔았어요. 사용이 조금 불편하지만, 그 점은 어떤 식으로든 보완이
가능하죠. 디자이너는 공간 구성이나 소재를 볼 때 다른 시각으로

접근해야 새로운 아이디어가 나온다고 생각해요."

책상이 있는 그의 사무실 바닥 역시 일반 실내 마룻바닥이 아닌 외부에서 사용하는 원목 데크를 깔아 거친 느낌이 이어지도록 했다. 천장과 벽면도 최소한의 마감으로 소재 자체를 그대로 노출시켜 독특한 조형미를 강조했다.

소재도 소재지만, 책상의 크기 또한 남다르다. 커다란 도면과 서적, 자료를 늘어놓고 작업하는 인테리어 디자이너이기 때문에 일반 사무 책상보다 길고, 넓게 제작했다. 그의 일하는 방식도 책상 크기에 한 몫 더했다.

"새로운 아이디어와 영감을 얻기 위해 외국 인테리어 전문 잡지를 자주 봐요. 전 책상 옆에 제가 즐겨 보거나 참고해야 할 잡지를 가능한 한 많이 펼쳐 놓고 일해요. 회의를 하거나 작업을 하면서 문득문득 생각날 때 바로바로 볼 수 있기 때문이죠."

목공소를 운영하던 아버지 덕에 어렸을 때부터 필요한 건 뭐든지 뚝딱뚝딱 만들기를 좋아했다는 그는 작업 현장의 남은 자재로 직접 만든 연필꽂이와 가죽으로 만든 필통 등을 책상에 두고 쓴다. 남 보기에는 특별하지 않은 작은 사각 돌, 나사, 바퀴 등도 그에게는 일의 영감을 주는 책상 위 오브제다.

가공되지 않은
자연스러운 매력

오랫동안 다니던 회사를 나와 그가 처음으로 차린 사무실은 26㎡(8평) 남짓한 작은 곳이었다. 약 1년 전 사업이 승승장구하면서 사무실을 복층 구조의 공간으로 확장 이전했다. 그리고 그동안 생각해 둔 아이디어를 모두 쏟아내 새로 꾸몄다. 가구나 소품 대신 그가 가장 자신 있어 하는 소재에 집중했다.

"저희 회사를 찾아오는 클라이언트들과 주로 제 책상이 있는 2층 사무실에서 미팅을 하기 때문에 제 공간을 보여주는 것이 중요했죠. 어디서도 볼 수 없는 인테리어 외장재를 책상으로 활용한 과감한 시도와 삼플러스 디자인만의 트렌디한 감각을 그대로 드러내고 싶었어요."

1층은 직원들이 일하고 회의를 하는 곳이고, 2층이 그의 책상이 있는 사무 공간이다. 원래 2층은 벽으로 꽉 막힌 창고였다. 하지만, 벽을 과감히 허물고, 유리 칸막이으로 공간을 더 넓혀 시원해 보이도록 했다. 1층에서 2층 사무실이 훤히 다 보이는 구조다.

"철판, 나무, 유리 등 가공되지 않은 자연스러운 멋이 그대로 드러나는 자재들을 좋아해요. 이런 자재들이 서로 각자의 매력을 뽐내면서 잘 어우러질 수 있도록 베이스는 단순한 화이트 컬러를 사용했죠. 그러면 공간이 더욱 또렷해 보이는 효과를 얻을 수 있어요. 유행을 타는 화려한 장식과 컬러보다는 내부에서 잘 사용하지 않는 마감재나 외장재로 소재의 느낌을 최대한 살리는 데 초점을 뒀어요."

일부러 과도하게 장식하지 않아도 소재 하나하나에서 오는 멋스러움. 그게 어우러져 공간의 분위기가 완성되고, 그 사람의 일상이 스며들어 공간에 깊이가 더해지는 것이다.

다른 책상에서
다른 생각이 나온다

"아침에 출근하면 책상이 있는 벽면 창문에서 빛이 쏟아져 내려와요. 차가운 소재의 책상이지만, 자연의 빛이 더해지면서 따스하게 느껴지죠. 인테리어 도면을 그리고, 공간을 디자인하는 모든 작업이 책상에서 이뤄지는데, 남들과 다른 세상에 하나뿐인 책상에서 일한다는 것 자체가 순간순간 특별하고 소중해요. 이런 경험은 일하는 데도 남들과 다른 생각을 할 수 있는 긍정적인 효과로 작용합니다."

2층 사무실 자체가 유리로 된 열린 구조라 일하는 모습이나 책상의 상태가 항상 노출돼 있다. 그러다 보니 항상 사용한 물건은 제자리에 두고, 책상을 정리 정돈하는 습관도 생겼다. 이 정리 습관은 쓸데없는 일에 시간을 낭비하지 않고, 일을 더 효율적으로 할 수 있게 도와준다. 또 어떤 물건이 어디에 있는지 쉽게 체크할 수 있어 일의 능률도 높다.

"책상은 꼭 이래야만 한다는 고정관념을 버리세요. 책상은 무언가를 크게 바꾸지 않아도 돼요. 당연하다고 생각하는 것들을 약간씩만 틀어서 변화를 주면 책상에 앉아 있는 시간이 훨씬 새롭고 재미있어질 거예요."

남들과 다른 책상에서 남들과 다른 생각을 할 수 있다고 강조하는 삼플러스 디자인의 김진영 대표. 그의 작업 공간은 그가 인테리어 업계의 치열한 경쟁 속에서 당당하게 자신의 취향을 드러내며 도약할 수 있는 힘이다.

내 책상은

나를 찾는 길

아틀리에 태인 대표

양태인

웨딩 & 이벤트, 라이프 스타일 컨설팅 회사 아틀리
에 태인의 대표다. 특성 없이 트렌드만 따라가는 일
반적인 결혼식이 아닌 클라이언트마다 가진 매력을
풀어내는 웨딩을 기획한다. 양태인 대표는 웨딩 컨
설팅 회사가 밀집한 강남구 청담동을 근거지로 오랜
기간 일했다. 하지만, 그가 추구하는 웨딩 스타일은
주류와 달랐고, 아틀리에 태인만의 스타일을 보여줄
수 있는 공간을 찾아 서울의 옛 정취가 남아 있는 종
로구 청운동으로, 그리고 다시 자연의 따뜻한 품으로
둘러싸인 한남동 남산 자락으로 이사했다. 웨딩 컨설
팅뿐 아니라 이벤트 기획 및 비주얼 스타일링, 그리
고 주거와 상업 공간을 넘나드는 라이프 스타일 디
렉터로 활동하고 있으며 '베지터블 플라워'를 런칭해
공간 스타일링을 제안하는 일을 함께하고 있다.

세월과 이야기가 깃든
데스크

결혼이란 그저 단 하루의 성대한 이벤트가 아니다. 새로운 삶의 챕터가 열리는 순간이다. 그래서 아틀리에 태인의 양태인 대표는 웨딩 컨설팅은 물론 결혼과 동시에 부부가 함께 살아갈 집이라는 공간을 쓰임새 있고 아름답게 스타일링하는 라이프 스타일 디렉터 역할까지 함께 한다. 수준급의 인테리어 실력이 입소문 나면서 웨딩 컨설팅에서 라이프 스타일 디렉터로 활동 범위가 자연스럽게 넓어졌다.

아틀리에 태인은 웨딩 업계가 밀집한 청담동이 아닌 아름다운 자연으로 둘러싸인 한남동에 있다. 유행을 타거나 정형화된 스타일보다는 고유한 개성, 그리고 새것이 흉내 낼 수 없는, 세월의 흔적이 묻어나는 아틀리에 태인만의 유니크한 취향을 담고 싶었기 때문이다.

"이곳으로 이사 오기 전 고즈넉한 청운동 주택에 오피스 겸 살림집을 차렸죠. 새집이 아니더라도 정성껏 가꾸고, 취향에 맞는 물건만으로 근사한 공간이 될 수 있다는 것을 보여주고 싶었고, 그래서 다시 이곳, 남산맨션으로 이사 오게 됐어요."

1972년 지어진 남산맨션은 호텔을 리모델링한 구조 덕에 독특한 감성이 가득 묻어난다. 시간 여행을 온 듯, 빛바랜 빨간 카펫이 깔린 1층 로비 라운지 등 1970~80년대 감성을 그대로 간직한 공간이다.

양태인의 아틀리에는 문을 열고 들어서기 전에는 그 매력을 상상할 수 없는 곳이다. 한 가지 스타일로 규정되기보다는 자연과 동서양의 미가 그만의 방식으로 넘침도 모자람도 없이 조화롭게 어우러져 있다.

먼저 거실 정면은 풍부한 자연 채광이 가득 들어오는 통창으로, 서울 시내가 한눈에 담긴다. 오랜 시간이 느껴지는 클래식한 테이블과 카펫, 그리고 여행을 하며 수집한 오브제와 푸른 이파리의 자이언트 화분들이 이국적인 느낌을 자아내며, 곳곳에 자리한 다기와 전통 가구가 동양의 정갈한 아름다움을 뽐낸다. 한국 전통의 미를 포함한 다양한 나라의 고전을 자유롭게 향유하는 양태인의 일상이 와닿는 공간이다.

현관 바로 왼쪽에 놓인 그의 책상은 1960년대 북유럽에서 제작된 테이블이다. 바퀴가 달려 이동이 쉽고, 상판이 반으로 접혀 장식장으로도 쓸 수 있다. 조형성과 실용성을 두루 갖춘 매력적인 테이블이다. 그는 물건을 고를 때 서로 이질감 없이 잘 어울리는가를 가장 중요한 요소로 삼는다.

"클래식은 향수를 느끼게 하고, 디자인적으로 가치가 있을 뿐 아니라 지금 우리 생활에 바로 사용해도 좋을 만큼 무척 실용적이고 튼튼해요. 이 테이블은 그 시대의 문화와 디자인을 고스란히 담고 있는 역사의 산증인과도 같고요. 새것이 절대 흉내 낼 수 없는 고유의 아름다움이 있어요."

책상에서 그가 즐겨 쓰는 물건은 바로 펜과 수첩이다. 어디서든 메모하는 습관이 있기에 책상, 테이블, 가방 등 그가 머무르는 공간에는 그만의 스타일이 엿보이는 수첩이 항상 놓여 있다.

"어느 날 휴대전화로 메모를 하다가, 상대방에게 예의가 아니라는 생각이 들었어요. 그래서 그때부터 항상 작은 노트와 펜을 들고 다녀요. 예전에는 연필을 주로 썼는데, 일정이 바쁘면 연필을 깎는 시간조차 없게 돼요. 그때부터 연필 대신 부드러운 필기감의 펜을 사용하게 됐죠. 제가 메모하는 습관이 있다 보니 고객이나 지인들이 펜을 많이 선물해 줘서 펜이 많아졌어요."

눈에 띄는 것이 또 있다. 바로 도자기 접시. 일반적인 데스크 용품이 아닌 식기를 수납 도구로 활용하는데, 여기에는 숨은 사연이 있다. 푸른빛이 아름다운 이 접시는 바로 동양화가 정진화 작가에게 선물 받은 청화백자 파조 무늬 접시인데, 19세기 후반에서 20세기 초의 것으로 추정된다. 그런데 한 매체 촬영 중 실수로 바닥에 떨어뜨려 이가 나갔다. 오랜 세월과 이야기가 켜켜이 쌓인 유물인데, 이가 나갔다고 해서 버릴 수는 없었다. 그렇다고 가만히 모셔만 두기에는 더 아까웠다. 그가 생각하는 클래식이란 그저 한곳에 놓아두는 장식이 아닌, 실생활에서 직접 쓰는 실용품이기 때문이다. 그래서 일상에서 자주 사용할 수 있도록 책상 위에 올려놓았고, 잃어버리기 쉬운 작은 물건이나 매일 쓰는 테이프를 수납했다. 테이프는 그림 그리거나 메모를 했다가 벽에 붙여 놓을 때, 그리고 매거진을 보면서 스크랩할 때 자주 사용한다. 칼, 가위 그리고 클래식한 페이퍼 나이프 역시 책상 위 필수 아이템이다. 택배온 박스를 자를 때나 우편물 하나를 열어 볼 때도 취향에 맞는 물건을 사용해 자칫 지나칠 수 있는 일상의 순간순간을 즐긴다.

바쁜 일상에서 행복한 동심의 세계로 데려다 주는 추억의 아이템도 있다. 뒤집었다가 놓으면 하얀 눈이 소복하게 내리는 스노우 볼. 앵무새, 얼룩말 등 귀여운 동물들이 하얀 눈과 함께 만들어 내는 그 몇 초의 순간은 그에게 큰 휴식이자 행복이다. 책상 위에 조르르 줄지어 서 있는 티라노사우루스, 브라키오사우루스 등 색색깔의 미니 공룡 피겨도 하나의 오브제로 자리한다.

그 어떤 스타일도 아닌,
태인스러움

"라이프 스타일링을 하면서 그림을 제안하다 보니 작가들하고 교류가 많아졌어요. 다양한 작품을 가능한 한 폭넓게 접하려고 노력하죠. 그리고 공간에 생기와 생명력을 전하는 식물로 영역이 넓어졌죠."

그의 공간 곳곳에는 거친 흙의 질감이 멋스러운 거대한 화분이 있다. 팔손이, 선인장 등 푸르고 강한 생명력을 내뿜는 다양한 식물이 자란다. 실내 공간에 식물을 놓기 위해서 각 식물마다 특성을 자세히 공부했고 그런 뒤 많은 식물을 공간 곳곳에 두고 키우기 시작했다. 그의 폭넓은 관심은 자연스럽게 또 다른 사업으로 이어졌고, 베지터블 플라워라는, 공간에 식물과 꽃을 제안하는 새로운 카테고리를 선보였다. 그의 책상에 놓인 아보카도, 토마토, 당근, 사과 등 귀여운 식물 스케치가 바로 그가 최근 작업하고 있는 브랜드 아이콘 시안이다.

그는 클래식, 내추럴, 모던 등 다양한 스타일을 즐긴다. 하지만 여기에는 그만의 유니크함이라는 공통점이 있다. 그의 이런 관심은 최근 우리 전통의 미로 확장됐다. 그의 책상 맞은편 큰 테이블에 놓인 연상硯床이 바로 그것이다. 조선 시대 벼루, 먹, 붓, 연적 등 문방제구를 담아 두던 작은 책상을 일컫는 연상에는 그가 즐겨 쓰는 도장이 담겨 있다.

책상 뒤 벽면은 그만의 예술적 감성을 담아낸 갤러리다. 소를 모티프로 한 판화 작품은 프랑스 파리 여행 중 구매한 스페인 작가의 작품이다. 낯선 외국에서 외국 작가가 만든 판화에서 어쩐지 한국 전통의 아름다움을 느꼈고, 그 경험을 오랫동안 간직하고 싶었다. 그가 소장한 작품들은 판화, 동양화, 사진, 조소 등 형식은 각기 다양하지만, 그 모든 것이 절묘하게 합을 이룬다.

"어느 시기에는 판화 작품에 빠지기도 하고, 또 어떤 때는 사진에 그리고 최근에는 동양화가 정진화 씨의 작품을 좋아해요. 정진화 작가는 동시대의 서정을 잘 담아내죠. 정확한 형상을 나타내기 보다는 작가가 기본적으로 표현하고자 하는 모호한 감성의 표현이나 섬세함이 느껴져요."

벽에 걸린 다양한 작품 밑에는 허리 높이의 하얀색 수납장이 있다. 일에 필요한 물건들을 보관하는 것이지만, 수납장 위가 또 하나의 갤러리다. 화기, 촛대, 종 등 모양은 제각각이지만, 영롱한 빛의 유리 소재가 하나의 작품 같은 느낌을 선사한다. 유리에는 기분을 청명하게 하는 신비로운 느낌이 서려 있다.

많은 유리 작품 사이에 놓인 까마귀는 반전 미학을 즐기는 그의 남다른 스타일링 실력을 엿볼 수 있는 아이템이다. 투명한 유리들 사이에 위풍당당하게 존재감을 내뿜으며 장소에 힘을 싣는, 집을 지키는 수호신 같다. 그가 모아온 소품들은 뉴욕의 구겐하임 미술관, 오스트리아 빈 등 다양한 나라를 여행하며 구매한 것이다. 제각기 다른 곳에서 왔지만, 그만의 취향으로 하나의 컬렉션이 완성됐다.

"제가 작품을 고르는 기준은 작가의 유명세와 가격 등이 아니에요. 바로 제 마음을 움직이는 아름다움에 있죠. 어느 누구라도 아틀리에 태인에 왔을 때 어디서 봄직한 혹은 누군가의 공간을 흉내 낸 곳이 아닌 아틀리에 태인스러움을 느꼈으면 했어요. 아름다움의 기준이 남이 아닌 저 자신이었고, 제가 아름답다고 생각하는 것들과 좋아하는 것들로 공간을 채우죠."

책 상 , 여 행 , 일 과 일 상

그의 책상에는 의자가 2개다. 그가 주로 앉는 의자는 덴마크 디자인의 거장 아르네 야콥센의 세븐 체어. 시대를 초월하는 디자인과 가구 제조 기술력이 담긴 북유럽 가구의 정수를 보여주는 의자로, 곡선의 아름다운 자태가 공간을 한층 부드럽고 우아하게 만든다.

"제가 세븐 체어를 사용하는 이유는 디자인도 좋지만, 바로 편안함 때문이에요. 허리가 좋지 않아서 책상에 오래 앉아 일하면 자주 허리가 아픈데, 세븐 체어는 곡선의 등받이가 허리를 자연스럽게 받쳐 주니 일하기가 편해요."

　　그리고 또 다른 의자는 바로 직원과 컴퓨터를 보면서 디테일한 작업을 하거나 회의할 때 사용한다. 반려견 후추도 의자에 앉아 그의 곁에 머무른다. 평상시에는 책이나 서류 등을 올려놓는 사이드 테이블로도 활용한다.

　　그의 책상은 온전히 그만의 공간이다. 그가 지내온 추억, 그가 현재 집중하는 작업, 그리고 꿈꾸는 미래가 모두 담겨 있다. 어떤 스타일로도 규정지을 수 없다. 그저 그의 책상은 양태인 자신이다.

　　"가끔 직원들이 제 책상 위에 놓인 컵을 치워 줄 때가 있어요. 그 마음은 고마운데 사양했어요. 제 책상은 제가 스스로 정리해야 하기 때문이죠. 책과 서류들이 어지럽게 쌓여 있어도 그 안에는 저만이 기억할 수 있는 순서가 있거든요. 일하면서 손이 자연스럽게 가도록 모든 물건이 저에 맞게 배치돼 있는데, 그게 틀어지면 기억이 하나도 나지 않고, 일이 불편해지더라고요."

　　틀에 박히지 않은 자유로운 사고방식은 그의 공간을 특별하게 만든다. 그가 소장하고 있는 다양한 책들은 책장이 아닌 벽 바닥에 줄지어 기대어 있다. 주로 그가 좋아하는 작가나 여행 중에 산 아트 북을 모으는데, 책 표지 자체가 액자가 된다. 그날그날 분위기에 따라 책 표지를 바꿔주면 또 다른 느낌을 자아내는 공간으로 변한다.

　　그는 여행을 통해 영감을 받는다. 숙소를 결정할 때는 다양한 스타일을 경험해보고자 노력한다. 정해진 루틴대로 움직이기 보다는 사람 사는 냄새가 가득한 시장에서 장을 보고, 동네 곳곳을 산책한다. 그렇게 숙소에 돌아와 새로운 식자재와 조리법으로 요리하면 가끔 풀리지 않던 일의 해답을 얻기도 한다. 이렇게, 즐기는 자를 이길 수 없다는 말을 여행을 통해 배웠다.

"제가 얼마 전 제주도에서 웨딩 기획을 진행했던 클라이언트가 있어요. 그분들 웨딩을 기획 하면서 사람이 주는 에너지가 대단하다는 것을 느꼈죠. 큰 비용을 들인 화려한 예식이 아닌, 온전히 두 집안의 따뜻한 분위기가 그대로 전해지더라고요. 그 둘만의 개성과 분위기가 예식 안에서 잘 표현되도록 돕는 게 저의 역할이라는 것을 알았어요. 화려함에 감춰진 그들의 모습이 얼마나 더 아름답고 값진지 보여 준 순간이었죠."

그는 많은 클라이언트에게 결혼이라는 인생에서 가장 행복한 순간을 아름답게 만들어 주는 일을 한다. 결혼식장에 들어가는 그 한 순간만을 위해 오랜 시간 준비하지만, 그들도 모르는 본연의 모습이 표현될 수 있게끔 도와주고, 아름다움을 함께 향유하며 더불어 발전해 나가는 과정에서 즐거움을 얻는다.

"예전에는 일과 휴식을 구분 지어 생각했어요. 남들이 그렇게 사니까 저 역시 그래야 하는 줄 알았어요. 그런데 어느 순간, 다양한 사람을 만나 소통하고 새로운 작업을 하는 게 곧 행복이라는 걸 깨달았죠. 사소한 생각의 전환으로 일에 즐거움을 얻게 되었어요. 요즘은 모든 게 감사하고 행복해요."

책상은 하루의 시작과

끝

에잇컬러스 대표

정윤재

MY
DESK

대학에서 공예를 전공하고, 토탈 인테리어 H사 전시
팀에서 VMD로 8년간 일했다. 다양한 공간 스타일
링 경험과 노하우를 쌓고, 자신만의 브랜드를 선보
이기 위해 2011년 5월, 서래마을에 리빙 편집숍 에
잇컬러스를 열었다. 무토MUUTO, 몬타나MONTANA, 루
이스 폴센LOUIS POULSEN, 펌 리빙FERM LIVING,
스트링STRING 등 한국의 주거공간에 잘 매치되는
다양한 북유럽 브랜드 가구와 소품 등을 꾸준히 선
보이고 있으며 스타일에잇이라는 브랜드로 기업 스
타일링(매장 디스플레이, 광고 스타일링)을 진행한
다. 2019년 6월, 논현동에 에잇컬러스만의 취향을
담아 감각적이고 실용적인 공간을 제안하는 오프라
인 쇼룸을 새롭게 런칭했다.

WWW.8COLORS.CO.KR

@8COLORS_OFFICIAL

NOTES

NEWS

space to feel comfortably you

THE HOME

SUPPLIER STORIES

HOME STORIES

ferm

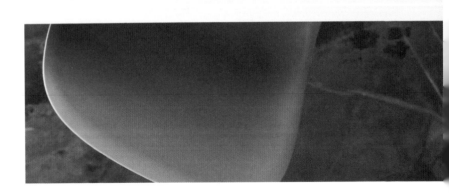

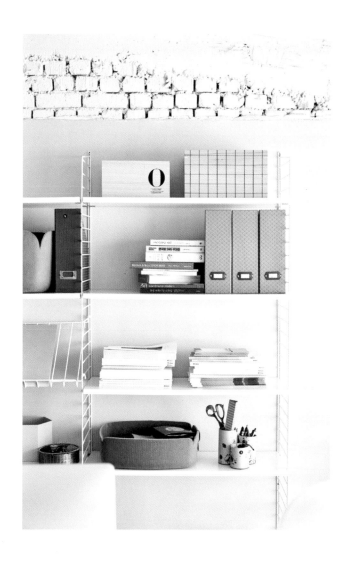

하 루 의
시 작 과 끝

주거공간이 갖춰야 할 실질적인 기능과 감각적인 디자인, 그리고 정서적 배려를 온전히 이해하고 공간을 가꾸는 에잇컬러스의 정윤재 대표. 그를 쏙 빼닮은 사랑스러운 두 딸 세린·세미의 엄마이기도 한 그는 20여 년간 다양한 스타일의 인테리어 공간을 구현해 온 베테랑 공간 스타일리스트다. 모던, 클래식, 빈티지, 내추럴 등 스타일에 구애 없이 아름다운 공간을 창조하는 일을 오랫동안 해 오며 심미안을 탄탄하게 길렀고, 에잇컬러스라는 편안하고 내추럴한 감각이 돋보이는 북유럽 라이프 스타일 편집숍을 런칭했다.

현재 그의 책상이 있는 서래마을의 에잇컬러스 오피스는 2019년 6월 논현동으로 이전한 에잇컬러스의 쇼룸이었다. 단순히 물건을 진열한 일반적인 쇼룸과 달리 현관에서부터 거실, 주방, 서재, 침실 등을 실제 집과 같이 꾸며 에잇컬러스만의 취향과 라이프 스타일을 가득 담은 공간으로 주목받았다.

"에잇컬러스만의 다양한 스타일 구현을 위해 논현동에 새로 쇼룸을 오픈하면서 서래마을 쇼룸을 오피스로 변경했어요. 사무실이 집과 가까워 논현동 쇼룸에 가기 전 꼭 들러 하루의 일과를 체크하죠. 그 외에도 다양한 업무도 보고, 직원들과 회의하는 곳으로 사용해요."

그는 평일 아침 8시 30분, 아이들을 학교에 보내고 바로 사무실로 출근한다. 온화한 미색의 벽과 흰색 가구들이 안정된 분위기를 자아내는 곳으로, 큰 창으로 들어오는 자연 채광이 공간에 따스한 기운을 불어넣는 디자인 요소로 작용한다. 정 대표의 오피스는 수많은 브랜드의 가구와 소품을 접해 온 그가 실제 즐겨 쓰는 물건들을 그만의 방식으로 표현한 일상 포트폴리오다.

"무채색 중 가장 밝은색인 흰색은 감정이나 사고를 정리할 때, 업무에 집중해야 할 때 도움을 주죠. 하지만, 모두 흰색으로 통일할 경우 자칫 비어 보이거나 휑하게 느껴질 수 있기 때문에 은은한 미색으로 벽면을 칠해 온기를 주고, 여기에 자연의 푸른색으로 포인트를 줘 시각적인 편안함과 생기를 더했어요."

미색으로 칠한 벽에는 흰색 스트링 시스템 가구를 설치하고, 그 앞에 북유럽 리빙 브랜드 무토의 원목 테이블을 놓았다. 공간에서 흰색이 차지하는 비중이 클수록 깔끔해 보이는 효과가 있기에 테이블 역시 흰색으로 골랐다. 가로 2,500mm 길이의 널찍한 사각 테이블로, 10명도 거뜬히 앉을 수 있어 여러 시안 서적을 펼쳐 놓고 일하기도 편하고, 직원들과 모여 회의하기도 좋다.

오피스에 출근하면 우선 따뜻한 차 한 잔을 준비하고 책상에 앉아 그날 해야 할 일을 노트에 기록한다. 컴퓨터와 스마트폰 탓에 손으로 글씨 쓸 일이 별로 없는 요즘이지만, 그는 꼭 노트에 직접 펜으로 일정을 하나하나 적는다.

"펜을 손에 쥐고 한 글자씩 꾹꾹 눌러쓰면 바쁜 마음이 사라지고, 생각도 잘 정리가 돼요. 하루 24시간이 모자란 워킹맘이기에 제한된 시간 안에 일을 그때그때 멀티로 처리해야 해요. 그러면 마음이 앞서게 되는데, 이렇게 오전 시간에 책상에 앉아 할 일을 적다 보면 복잡한 마음이 사라지고, 뭔가 풀리지 않는 답을 찾는 경우도 있죠. 아무리 디지털 시대라고 하지만, 아날로그의 따뜻함은 일상을 좀 더 깊고 가치 있게 만들어 주는 거 같아요."

그는 책상 위를 항상 깔끔하게 정돈한다. 지금 당장 필요한 물건만 올려놓고, 일이 끝나면 바로바로 정리한다. 쏟아지는 수많은 인테리어 정보 속에서 옥석을 가려내는 역할을 하기 위해서는 우선 공간부터 비워야 한다.

그가 사용하는 책상과 의자는 모두 북유럽 디자인 브랜드 무토의 제품이다. 핀란드어로 새로운 관점을 의미하는 muutos에서 비롯된 브랜드로, 스칸디나비안 디자인 전통에 뿌리를 두고 있으면서도 미래지향적이며 친환경적인 소재와 기술, 아름다운 디자인으로 현대적인 북유럽 리빙 디자인을 선보인다. 의자는 무토 파이버FIBER 시리즈 체어로, 플라스틱에 스웨덴의 소나무 섬유를 더한 신소재로 만든 것이다. 일반 플라스틱 체어보다 한결 더 부드럽고 따뜻한 느낌을 준다. 의자 등받이와 시트 또한 인체공학적으로 널찍하게 설계돼 최소의 공간에서 최대의 안락함을 제공한다.

"가구는 패션처럼 시즌마다 바꿀 수가 없잖아요. 제가 무토를 좋아하는 이유는 그저 한순간에 사용되고 버려지는 디자인이 아닌 지속가능한 디자인을 추구하기 때문이죠. 어떤 각도에서 보아도 아름답고 실용적인 의자를 개발하기 위해 4년이라는 시간을 투자할 만큼 오래오래 만족도 높게 사용할 수 있는 디자인이 매력적이에요."

세상에 하나뿐인 나만의 컬렉션, 모듈 가구

그가 공간을 제안할 때 추천하는 가구는 바로 모듈 시스템이다. 어떤 물건을 수납하느냐에 따라 거실, 서재, 주방 등 전천후 활용할 수 있으며 사용자의 필요와 공간의 크기에 따라 다양한 형태와 모양으로 새롭게 구성할 수 있는 특징이 있다. 또, 캐비닛을 추가하거나 선반을 더하는 등, 세상에 하나뿐인 나만의 가구를 디자인하는 재미도 즐길 수 있다. 어느 스타일에나 두루 잘 매치되는 심플한 디자인 덕분에 유행을 타지 않고 오랫동안 사용이 가능하다.

"남들과 똑같은 가구 대신 내 맘대로 조합이 가능한 스트링 시스템을 활용하면 내 취향을 잘 담아낼 수 있습니다. 어떻게 조합하느냐에 따라 거실에서는 책장과 AV장으로, 주방에서는 오픈 형 수납장으로, 테이블을 추가해 아이 방에 설치하면 책상으로, 다재다능하게 활용할 수 있죠. 그 자체로 멋스러운 장식이 되며 이사를 하거나 공간에 변화를 줄 때 새롭게 디자인할 수 있어 쓰임새가 무궁무진해요."

스웨덴의 건축가이자 상품 디자이너인 니세 스트리닝 NISSE STRINNING이 만든 스트링 시스템은 1949년에 탄생해 지금까지도 꾸준히 사랑받는 스테디셀러 아이템이다. 가볍고 내구성이 뛰어나며 어느 공간에서나 활용할 수 있어 실용성이 높다. 모듈 형이기에 상황에 따라 패널과 선반을 더하면 계속 확장할 수 있고, 높이와 폭, 컬러 등을 마음대로 구성할 수 있다는 것이 가장 큰 장점이다.

"오픈식 모듈 가구는 전체가 다 한눈에 보이기 때문에 어떤 물건을 어떻게 배치하느냐가 중요해요. 무겁고 큰 물건이나 수납장은 아래쪽에 배치하고, 위 공간은 여유를 주면 한결 안정감 있죠. 수납하는 물건의 컬러 또한 2~3가지로 통일하고, 파일 상자나 수납함 등에 자잘한 물건을 넣어 정리하면 한결 정돈돼 보여요."

그는 항상 깔끔하게 유지되는 스트링 시스템을 연출하기 위해 컬러는 그린으로 통일하되 용도에 맞는 다양한 디자인의 수납함을 사용한다. 업무에 필요한 서류들은 종류별로 나눠 파일 박스에 차곡차곡 보관하고, 자잘한 물건은 무토의 리스토어 수납함에 넣어 정리한다. 펠트 소재라 따뜻한 느낌을 주고, 양쪽에 손잡이가 달려 이동과 보관이 쉽다.

빈티지한 여행 가방을 연상시키는 닥터하우스 수납함에는 오래 추억의 물건들을 정리해 가장 위 공간에 올려 둔다. 자주 보는 디자인 서적이나 브랜드 카탈로그 등은 한 번에 꺼내 볼 수 있도록 그룹 지어 눈높이 위치에 둔다. 필기구는 내추럴한 질감의 원형 수납함에 꽂아서 손이 자주 닿는 곳에 정리해 그때그때 찾아 쓰고 정리가 쉽도록 한다.

선반에는 커튼이 드리운 아트 포스터 액자를 놓아 개방감이 느껴지는 창 효과를 내며 디퓨저나 향초 등 공간을 편안한 향으로 가득 채울 향기 용품들도 올려놓았다.

스트링 시스템 옆 벽면에는 덴마크 모듈 가구 브랜드 몬태나의 와이어 큐브를 달았다. 이 역시 책상 옆에 높게 쌓아 올려 파티션으로 활용할 수 있는 모듈 시스템이다.

창가는 그가 사색을 즐기거나 티타임을 즐기는 그만의 휴식 공간이다. 덴마크 브랜드 헤이의 팔리사드PALISSADE 시리즈 체어와 세계적인 산업 디자이너 세실리에 만즈CECILIE MANZ가 공중에 떠 있는 듯한 창의적인 디자인을 선보인 커피 테이블을 놓았다. 의자는 프랑스의 산업디자이너 가운데 가장 왕성한 활동을 펼치고 있는 부흘렉 형제의 야외용 철제 가구지만, 실내에서 사용해도 부족함 없이 가볍고 편하다.

좋아하는 일,
잘할 수 있는 일

취미趣味의 사전적 의미는 즐기기 위하여 하는 일, 아름다운 대상을 감상하고 이해하는 일, 감흥을 느끼어 마음이 당기는 멋을 뜻한다. 수동적으로 하는 일이 아닌, 내 마음이 움직여 나를 즐겁게 하기 위해, 내가 스스로 찾아서 하는 일이 바로 취미인 것이다.

"대학생 때부터 학교에 다녀오면 아무리 피곤하더라도 제 방 침대나 책상의 배치를 혼자 바꿨어요. 그렇게 방의 레이아웃을 바꾸면 새로운 변화가 생기지 않아도 일상에 활력이 생기고 리프레시되는 기분이 들었죠."

그는 어릴 적부터 반복되는 일상에 변화를 주기 위해 방의 레이아웃을 바꾸며 자신만의 소확행을 즐겼다. 오래 머무는 공간, 그 공간의 분위기를 조금씩 바꾸는 것만으로도 기분이 달라졌고, 그 변화는 그에게 큰 즐거움이었다.

"회사에 입사하기 전, 분야를 가리지 않고 아르바이트를 많이 했어요. 의상 스타일링과 보석 디자인 등 관심이 가는 분야는 무조건 시도했죠. 제가 뭘 좋아하는지 뭘 잘하는지 경험을 통해 알고 싶었어요."

좋아하는 일이 가장 잘할 수 있는 일이고, 그게 곧 직업이 되면 삶의 만족도는 높아진다는 것이 정윤재 대표의 지론이다. 그렇게 그는 공간 스타일리스트란 직업을 만났고, 가장 좋아하는 일이자 잘하는 일이 되었다.

"무대 디자인부터 의상 스타일링, 디스플레이까지 다양한 경험을 쌓으며 공간을 바꾸는 일이 재밌다는 걸 느꼈어요. 제 손길이 닿을 때마다 결과물이 달라지는 것이 눈에 보이니 스스로 살아 있음을 느꼈죠."

공간 스타일링이 천직이라 생각한 정 대표는 그 이후 한 종합 인테리어 전문 회사에 입사해 매장 디스플레이를 맡았다. 가구와 소품을 통해 공간에 새로운 숨결을 불어넣는 일이었는데, 종류가 다른 물건을 효과적으로 조합하는 법과 색채 매치 등 많은 것을 배우며 경험을 쌓았다.

"제가 좋아하는 일을 20년 넘게 직업으로 하고 있다는 건 큰 행운인 거 같아요. 이제 무조건 스펙을 쌓아서 좋은 직장에 들어가는 것만이 능사는 아닌 것 같아요. 내가 가장 좋아하고 재미있어하는 일을 찾는 것이 곧 가장 잘할 수 있는 일이고, 그 일을 오랫동안 즐겁게 할 수 있는 첫 출발점이 되는 거죠."

그는 두 딸은 물론 직원들에게도 잘 할 수 있는 일을 찾도록 적극 돕는다. 회사 직원들에게도 성향과 특성에 맞게 일을 분배해 좋아하는 일을 할 수 있도록 독려한다.

그는 공간을 그만의 컬러로 스타일링할 때 가장 행복하다고 말한다. 공간을 아름답게 가꾸고 변화를 주는 것이 그가 가장 좋아하는 취미이자 일이다. 에잇컬러스 쇼룸 역시 그처럼 고정되지 않고, 지속적으로 변화하는 공간이다.

"실질적인 가구의 활용도나 스타일링 팁 등을 많이 보여주는 공간이 되었으면 해요. 똑같은 소파라도 어떤 쿠션을 매치하느냐, 어떤 조명을 더하느냐에 따라 느낌이 달라지기에 그런 공간의 모습을 다양하게 제안하려고 노력하죠."

그는 에잇컬러스 쇼룸의 스타일링을 바꿀 때마다 사진으로 찍어서 SNS에 올리며 많은 사람과 함께 소통한다. 공간은 눈으로 보았을 때와 사진으로 담았을 때 차이가 있기 때문에 계속 앵글을 바꾸며 카메라로 찍고 어떤 느낌이 나는지, 어떤 스타일링을 제안할 것인지를 스스로 고민하고 연구한다.

"어떤 것이 아름다운지 자신이 좋아하는 것이 무엇인지 모르고 사는 사람이 많아요. 우선 취미이든 아르바이트든 남이 아닌 내가 좋아하는 것에 먼저 마음껏 도전해 보세요. 마음이 향하는 곳으로 어디든 여행을 떠나고, 몸이 원하는 아름다운 공간에서 시간을 보내고, 손길이 향하는 나만의 물건을 곁에 두며 일상을 내가 좋아하는 행복으로 채워 나가세요. 저 역시 그 길을 걸어왔고, 그 하루하루의 축적만큼 크고 작은 경험이 쌓여 스스로 만족하는 진짜 일을 찾을 수 있을 거예요. 그러면 삶에 더 큰 행복이 채워집니다."

책상은

귀여운 일기장

옥인다실 대표

이혜진

MY
DESK

대학에서 중국어와 경영학을 전공하고, 백화점에서 푸드 스타일리스트로 근무했다. 20년간 궁중 음식 연구원, 궁중 병과원, 숙명여자대학교 전통 음식 연구원 등 전문 교육기관에서, 그리고 요리 연구가 노영희와 오정미 등의 대가에게 요리와 푸드 스타일링을 사사받았다. 그리고 초등학교 때 우연히 입문하게 된 차茶에 빠져 성균관대 대학원에서 차를 전공했다. 그 경험을 모아 옥인동에 옥인다실이라는 한국 문화 연구소 겸 문화 공간을 열었다. 옥인다실에서는 한국의 다양한 문화를 즐길 수 있는 각종 클래스와 전시 등이 펼쳐진다.

@MADDAM_H

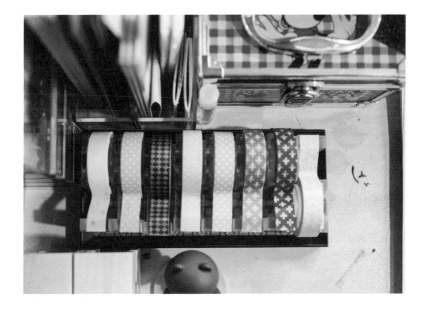

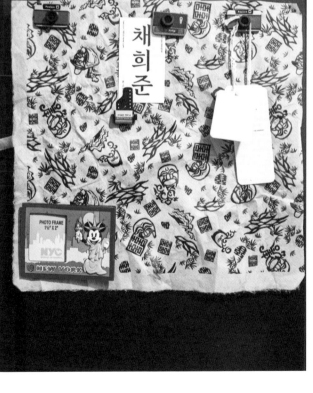

보름달이 뜨는
책상

조선 시대부터 있던 옥동과 인왕동의 첫 글자를 따서 이름 지은 동네, 옥인동. 긴 역사를 간직한 이곳에는 옥인다실이라는 전통 차 문화 공간이 있다. 대로변에 위치한 옥인다실은 사랑스러운 분홍색의 외관부터 눈과 마음을 끈다. 그 안으로 들어가면 시간 여행을 하는 듯 동화 같은 풍경이 펼쳐진다.

"옥인다실은 조선 시대 여자아이(이혜진 대표)가 갑자기 유럽의 시골 마을로 순간 이동해 한국 식당과 다실을 하는 동화적 스토리를 배경으로 만들었어요. 이 이야기에 걸맞게 한쪽은 우리네 옛 한옥을 그대로 보존해 우리 차를 즐길 수 있는 다실을 만들었고, 마당 사이로 맞은편 공간은 차를 비롯해 각종 문화 클래스를 열 수 있는 유럽식의 모던한 공간으로 꾸몄죠."

옥인다실은 드라마 〈도깨비〉에서처럼 문 하나를 사이에 두고 과거와 현재를 오갈 수 있는 시간 여행자의 공간 같다. 이혜진 대표의 책상이 있는 사무 공간은 다실 뒤쪽 한옥에 있다. 원래 이곳은 주방으로 사용된 공간이었으나 주방을 앞 건물에 따로 마련하면서 벽을 따라 ㄱ자로 책상을 짜 넣고, 가벽을 세워 작고 아늑하게 리모델링했다.

한 사람이 들어가도 비좁은 이곳은 마치 어릴 적 좋아하는 물건을 남몰래 숨겨 놓은 다락방 느낌이 물씬 풍긴다. 새것이 흉내 낼 수 없는 추억이 깃든 물건들이 가득해 낯섦 대신 편안하고, 아늑하다. 그는 이곳에서 주로 차회茶會 콘셉트와 차 명상 수업 프로

그램을 구상한다. 작은 독서실 느낌이라 집중이 필요한 작업을 할 때 제격이다.

"보통 여럿이 모여 차를 즐기는 차회는 일본식을 따르는 경우가 많아요. 다구만 우리나라 것을 사용하는 식이죠. 저는 주로 한국 전통문화를 모티브로 한 차회 콘셉트를 계획하는데, '보름달 차회' 같은 경우도 이 책상에 앉아 자그마한 창을 통해 본 보름달에서 영감을 받았어요."

그는 집 어느 한 켠에 방석 하나를 놓을 공간이 있다면 차 한 잔을 즐길 수 있는 나만의 작은 다실을 만들어보라고 말한다. 작은 방석 하나와 찻잔 하나면 부족함이 없다. 특히 이른 아침에 눈 뜨자마자 차 명상을 즐기면 좋은데, 나에게 긍정적인 영향을 주는 좋은 글을 소리 내 읽으면서 명상을 하면 하루를 활기차게 시작할 수 있다. 차 명상을 할 때 글을 소리 내 읽는 것이 무엇보다 중요하다고 강조한다. 글을 마음속으로 읽는 것보다 내가 한 말이 내 귀에 들어올 때 메시지가 더 명확하게 전달된다는 것을 그는 오랫동안 체험해왔다.

그는 역시 매일 새벽 6시에 일어나 바로 옥인다실로 향한다. 제일 먼저 차를 준비하고, 다실에 가서 20분 정도 차를 마시며 명상을 한다. 그다음 책상에 앉아 그날 해야 할 일을 정리한다. 명상을 마친 조용한 아침 시간, 그만의 책상에 앉아 하루를 열 때가 그에게 가장 평화롭고 행복한 순간이다. 그리고 책상을 정리한 뒤 운동을 하고, 목욕을 다녀와 본격적인 일과를 시작한다. 그 시간이 보통 오전 10시다.

"아침에 일어나자마자 바로 옷만 챙겨 입고 나와 차 명상부터 하고, 책상에 앉아 하루 스케줄을 정리해요. 따사로운 아침 햇살이 창을 통해 가득 들어오고, 새소리가 울려 퍼지는 저만의 평온한 안식처죠. 스케줄을 정리하고, 책상 위 물건을 하나하나 찬찬히 살펴보며 생각을 정리하면 좋은 아이디어도 잘 떠올라요."

그는 스케줄에 따라 그날 해야 할 일정을 열심히 해낸다. 외향적이고 밝은 성격이라 일을 할 때도 항상 웃음이 끊이질 않는다. 함께 있으면 주변 사람도 금세 행복하게 만드는 그의 긍정 에너지는 바로 이 아침의 책상에서 비롯된다.

저녁 수업이 없을 때는 5시 정도에 퇴근 준비를 한다. 그리고 다시 어둑어둑해질 때쯤 책상으로 돌아와 하루를 정리한다. 저녁이 되면 모든 불을 끄고, 창가에 놓아둔 작은 스탠드 하나만 켜놓는다.

"서류 작업이 필요할 때는 컴퓨터가 있는 다른 곳에서 처리해요. 이 공간은 제가 노트에 펜으로 무언가를 적고, 아이디어를 구상하는, 오로지 생각을 하는 곳이기 때문이죠. 무언가를 결정할 때 오히려 많은 정보가 방해될 때가 있어요. 그래서 이 방에서는 가능한 컴퓨터를 사용하지 않아요."

귀여운 것이
가득

그는 어릴 적부터 문구류를 좋아하는 것을 넘어 사랑해 왔다고 말한다. 특히 마스킹 테이프는 그가 첫손으로 꼽는 애정의 문구.

"일을 하다 보면 테이프를 쓸 일이 많은데, 테이프는 붙였다가 떼면 깔끔하지 않더라고요. 그때부터 마스킹 테이프를 사용해 왔어요. 깔끔한 사용감은 물론 디자인이 엄청 다양해서 하나씩 모으다 보니 자연스럽게 마스킹 테이프 컬렉터가 됐어요."

그의 책상에서 마스킹 테이프의 활약은 무궁무진하다. 해야 할 일을 종이에 적어 책상 벽에 붙일 때부터 다실에 오는 손님에게 메시지 카드를 쓸 때, 그리고 노트에 아이디어 스케치를 하거나 일정을 정리할 때, 그리고 다이어리에 일기를 쓸 때 등, 안 쓰이는 곳이 없다. 사랑스러운 색색의 컬러는 물론 도트, 줄무늬, 체크, 꽃무늬, 캐릭터가 그려진 것, 유명 작가가 만든 것까지, 그의 마음을 사로잡는 디자인이라면 발품을 팔아서라도 열심히 모았다.

"아버지의 가장 친한 친구가 일본 교토의 료칸 주인이셨어요. 어릴 적 방학이 되면 한 달 정도 머물곤 했죠. 그러다 보니 일본에는 오래된 것들이 잘 유지되는데, 한국은 그렇지 않은 점이 좀 아쉬웠어요. 이를 계기로 한국 전통문화를 모티브로 하는 작가들을 찾게 되고, 그들과 함께 전통문화를 소중히 유지하고 널리 알리는 일을 해야겠다 생각했어요."

손재주가 많은 그는 천으로 우리 전통 모티브의 물건을 만드는 일도 즐겨 한다. 때문에 색색의 천과 실뭉치가 그의 책상 위에 종종 놓여 있다. 그의 천 사용법은 남다른데, 천으로 무언가 만들기도 하지만, 그저 바라보기만 할 때도 있다. 책상 위 다양한 천의 색깔에서 영감을 받아 테이블 세팅을 할 때 활용하는 식이다. 의외의 조합에서 오는 조화와 아름다움에서 일의 영감을 얻는다.

"제가 종이와 천을 유독 좋아해요. 이유는 위험하지 않기 때문이죠. 기본적으로 유리처럼 무겁거나 깨지지 않아 다칠 염려가 적어요. 또 디자인 또한 다양하고, 쉽게 보관할 수 있는 특징이 있어 수집하기도, 일에 활용하기도 좋아요. 저는 물건을 살 때 가장 먼저 보는 것이 바로 색 조합이에요. 그게 천이 됐든 엽서가 됐든 심지어 마카롱 같은 음식이 담긴 박스여도 색 조합이 눈에 들어오는 물건은 두고두고 보면서 영감을 받아요."

삶을 윤택하게 하는
인상의 소소함

언뜻 보면 그의 책상은 그저 자신이 좋아하는 물건을 감각적으로 배치한 것처럼 보이지만, 그만의 룰에 따라 세심하게 정리된 것이다. 일단 왼쪽은 마스킹 테이프와 스탬프 존이고, 오른쪽은 펜과 같은 필기구 존이다. 앞쪽은 해야 할 일들을 적은 메모 존이다.

창틀에는 어렸을 때부터 모아 온 귀여운 캐릭터들과 여행 중 사 온 추억의 물건이 아기자기하게 자리하고 있으며, 책상 옆 벽면에는 그림, 엽서, 지도, 달력 등 그만의 취향을 엿볼 수 있는 아트 월을 연출했다.

"제가 달력에 관심이 많아요. 한 달이 지나면 다시 1일이 되고, 365일이 지나면 다른 해가 온다는 것이 저에게는 특별하고 신기한 일이죠. 날짜를 인지하지 않으면 하루하루 가는 것이 잘 느껴지지 않더라고요. 언제 무엇을 했는지 날짜를 확인하고, 그날을 되새기는 일은 행복한 추억을 기록하는 저만의 방식이에요."

책상 위 공간에는 라탄 바구니와 종이 상자, 종이 백들이 빼곡하게 정리돼 있다. 일본 여행에서 산 라탄 바구니, 첫 매거진 화보 작업을 할 때 산 피크닉 바구니 등 다 추억이 깃든 물건이다.

종이 상자와 종이 백 역시 각각의 이야기를 지닌 것들이다. 추억하며 행복에 빠지기도 하고, 동시에 그만의 방식으로 새로운 아이디어를 얻기도 한다.

압정과 클립이 들어 있는 귀여운 캐릭터 상자와 자그마한 틴 박스들 역시 학창 시절부터 소중히 간직해 온 물건들이다. 창가에 있는 강아지 2마리 역시 그에게는 특별하다. 키우던 강아지가 하늘나라로 간 뒤 우연히 들른 그릇 가게에서 자신의 강아지와 똑같은 도자기 오브제를 발견했고, 큰 위로를 받았다. 지금도 책상 위에 항상 올려두고 바라보며 위안을 얻는다.

그 외에도 궁궐도란 책을 샀을 때 선물 받은 우리나라 궁궐지도, 100년이 넘은 조선 시대 도자기라는 사실을 뒤늦게 알게 된 미니 달항아리 등 찬찬히 들여다볼수록 빠져드는 행복한 이야기를 지닌 물건이 가득하다. 선물로 받은 박스의 포장지, 리본, 종이 백 등 다른 이에게는 그저 버릴 물건일지 몰라도 예쁜 디자인과 추억해야 할 이야기가 있다면 그에게는 소중히 간직해야 할 의미 있는 책상 위 물건이다.

프랑프랑에서 산 핑크색 의자 역시 그가 부산에서 처음 서울에 올라와 자취할 때 테이블과 함께 세트로 마련한 의자다. 오래 앉아 일할 때 이만한 의자가 없을 정도로 편해 지금까지 잘 사용하고 있다.

그는 때마다 좋아하는 색이 다르다고 말한다. 핑크, 오렌지 등 한 색에 빠지면 그 색의 제품만 모았다. 책상 위를 아늑하게 밝혀 주는 오렌지색 스탠드는 물론 오렌지색에 빠졌을 때 샀다. 이 조명은 20세기 덴마크에서 가장 영향력 있는 건축, 가구 디자이너 베르너 팬톤의 플라워 팟FLOWER POT이다. 크기가 서로 다른 2개의 반구를 조합해 만든 동그란 꽃 모양의 디자인으로, 광원이 모이지 않게 설계돼 빛이 부드럽게 반사되는 특징이 있다. 이 조명 역시 다양한 색이 있는데, 오렌지색을 사기 위해 몇 달을 기다려서 구매했다.

"어릴 적부터 방 꾸미기에 관심이 많았어요. 아이 방은 보통 방문을 열면 침대가 보이고, 그 옆에 책상이 있는 구조인데, 다른 사람들에게 자는 모습을 보여주기 싫어 책상을 파티션처럼 침대를 가려 놓기도 했죠. 그리고 그 안에 아기자기한 물건들로 저만의 세상을 꾸미며 행복감을 느꼈어요. 그때부터 공간에 애착을 많이 가진 거 같아요."

이 대표의 사무 공간은 한눈에 모두 담길 정도로 작은 공간이다. 하지만, 그곳의 이야기는 하룻밤을 지새워도 모자랄 정도로 길고 다양하다. 그저 일하는 책상이 아닌, 자신이 좋아하는 물건을 통해 생각의 나래를 펼치며 누리는 행복은 큰 공간이 필요하지 않왔다. 오히려 작은 공간이기에 이야기를 가득 담아내기 더 좋았다.

　　　책상 주변 모든 물건은 제각각이지만, 어딘가 모르게 하나로 어우러져 있다. 그만의 취향과 이야기가 녹아 있기에 조화롭다. 이렇게 누군가의 책상이 탐구 대상이 되는 것은 그 사람을 알 수 있는 단서가 있기 때문이다. 책상을 통해 본 이혜진은 일상의 소소한 가치를 소중히 하는, 추억이 깃든 물건을 통해 자신을 사랑하는 법을 잘 아는 행복한 스토리텔러다.

내 책상은

꿈의
출발선

패션 디자이너

심웅범

MY
DESK

대학에서 전자공학을 전공하고, 어릴 때부터 꿈꾼 패션 디자이너가 되기 위해 25살 때 프랑스 파리로 떠났다. 세계적인 디자이너를 다수 배출한 에콜 모다르 인터내셔널에서 패션 디자인을 공부하고, 현지 의류 회사에서 인턴으로 일했다. 패션 콩쿠르 준비 중 학교의 소개로 중국 상하이의 글로벌 패션 회사에 입사해 8년 동안 3가지 브랜드를 런칭하는 등, 패션 아트 디렉터로 밤낮없이 일했다. 2018년 패션 분야에서 함께 일하던 지금의 아내와 제주도로 가 신혼집을 차렸다. 현재 제주도에서 인디고 염색 및 디자인 작업을 하는 인디고트리INDIGOTERIE라는 아틀리에 겸 카페, 슬로우 라이프 숍을 운영 중이다.
@INDIGOTERIE

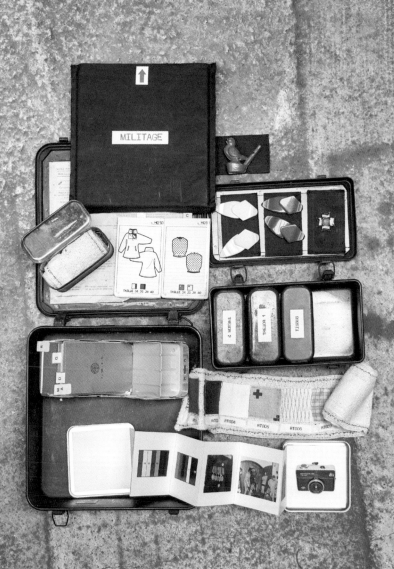

제주 바다로 물든 쪽빛,
인디고트리

인디고는 쪽藍 풀에서 채취한 청색의 식물성 천연염료를 뜻
한다. 제자가 스승보다 더 나음을 이르는 청출어람이란 고사성어
도 여기서 나왔다. 쪽에서 뽑아낸 푸른 물감이 쪽보다 더 푸르다는
뜻으로, 녹색인 쪽이 공기와 만나 산화되면 그보다 더 진한 청색이
되는 것에서 비롯된 말이다.

파리, 상하이 등 외국에서 패션 디렉터로 바쁘게 살아 온 심
웅범은 결혼과 동시에 제주의 삶을 시작하며 인디고 염색에 미래
를 건 젊은 아티스트다. 천혜의 경관과 신비로운 생태계가 날마다
새로운 감동을 선사하는 제주도는 외국 생활과 과도한 업무에 지
친 그의 가슴 속 무릉도원이었다.

"패션 디자이너는 제가 어릴 적부터 꿈꾼 직업이죠. 처음에
는 부푼 꿈을 가지고 열정적으로 시작했지만, 정해진 트렌드와 틀
에 맞춰 반복적인 일을 하다 보니 매너리즘에 빠지게 됐어요. 패션
은 시즌마다 빠르게 변화하는 속도전을 치르는 일이지만, 저에게
는 전혀 새롭지 않았죠. 더 이상 노력을 하지 않는 저에게 새로운
활력을 불어넣고 싶었고, 그것이 바로 인디고 염색이었습니다."

그는 패션의 최전방에서 일하다가 다시 기본으로 돌아왔
다. 옷의 소재 염색부터 다시 시작한 것이다.

"인디고 염색은 상하이에서 일할 때부터 한번 해 봐야겠다
고 생각했어요. 처음에는 데님이란 소재를 좋아하지 않았어요. 실
을 인디고 염색해서 짠 게 청바지와 같은 데님이죠. 그런데 입다

보면 내 몸에 맞게 늘어나고 주름도 생기면서 꼭 맞는 핏이 되더라고요. 그런 자연스러움이 좋았어요."

데님이 등장한 지 약 200년이 되었다. 거친 환경에서 작업하는 광부들을 위해 제작한 작업복은 시대의 변화를 겪으며 개성을 표출하는 패션 아이템으로 진화를 거듭해 왔다. 그리고 최근 10여 년 동안 데님 산업이 가파른 상승세를 보였다.

"데님의 매력은 바로 클래식에 있죠. 그동안 빠르게 나왔다 빠르게 사라지는 패스트 패션에 지쳐 이런 클래식에 더 관심을 갖게 됐어요. 클래식하려면 트렌드가 아닌 다시 기본으로 돌아가야 오랫동안 사랑받는 디자인을 할 수 있겠다고 생각했고, 그 이후로 인디고 염색을 공부하기 시작했습니다."

글로벌 트렌드 조사 기관인 WGSNWorth Global Style Network과 트렌드 유니언Trend Union, 페클레 파리 Pecler Paris, 넬리 로디Nelly Rodi 등 자료를 살펴보거나 파리에 출장 가서 패브릭에 관해 조사해 보면 천연 염색 시장이 조금씩 커지고 있음을 알 수 있었다. 이런 흐름에 따라 천연 염색 방식 중 하나인 인디고 역시 그 인기가 꾸준히 지속될 것이라고 예상했다. 그렇게 자료 조사를 하다가 염색 공부를 하러 중국 윈난성을 찾았다. 그곳에서는 아직도 소수 민족들이 전통 방식으로 인디고 염색 작업을 한다. 그 후에는 인디고 염색으로 유명한 일본 오키나와에 정착해 공부하며 인디고 작업을 해 볼까 고민도 했다. 하지만, 외국 생활을 오래 하기도 했고, 이미 산업으로 발전한 일본의 인디고 시장에서 살아남기 쉽지 않을 것 같았다. 그러다 자연에서 염색 일을 할 수 있는 곳을 찾았고, 그곳이 바로 제주도였다.

귤 저장 창고
재생 프로젝트

그가 운영하는 인디고트리는 원래 오래 방치된 귤 저장 창고였다. 창고 건물 2개가 합쳐진 제주 전통 돌집으로, 그가 1년간 땀과 노력으로 꾸몄다. 한쪽은 인디고 염색 및 디자인 작업, 워크숍, 강의 등을 하는 아틀리에, 한쪽은 카페 겸 슬로우 라이프 숍, 그리고 사무 공간으로 만들었다.

오래된 창문을 떼어 내고 새로 창을 만들어 달았으며, 시간이 오래 걸리더라도, 화장실 공사는 물론 가능한 한 전문가 도움 없이 혼자 작업했다. 과거 귤 창고의 아이덴티티를 해치지 않고 디자인 요소로 살려 새로운 기능과 용도의 공간으로 활용하는 재생 건축을 스스로 해낸 것이다. 쓰레기가 6t이 나올 정도로 거의 폐허나 다름없는 곳이었지만, 낡은 귤 창고가 품은 고유한 스토리는 신축 건물이 빚어낼 수 없는 멋진 디자인 언어가 되었다.

그의 책상은 아틀리에와 사무 공간, 2곳에 다 있다. 그가 자주 머무르는 곳은 아틀리에다. 이곳은 거의 손본 게 없다. 오랜 시간을 지닌 옛 돌벽의 매력을 고스란히 살리기 위해서다.

아틀리에에서 사용하는 책상은 전부 라이프 타임의 접이식 테이블이다. 튼튼하고 가벼우며 사용하지 않을 때는 접어 둘 수 있어 공간 활용도가 높다. 넓은 공간이 필요한 패턴 작업은 물론 무거운 재봉틀을 올려놓고 사용할 정도로 내구성도 좋다. 평소에는 작업 테이블로, 그리고 특별한 날에는 길게 이어 강의나 워크숍을 하는 단체 테이블로 사용한다.

그의 테이블은 이끼가 돌벽 사이에서 자연스럽게 자라는 코너 쪽에 있다. 작업 테이블은 동선에 따라 3파트로 나뉜다. 대부분 작업은 서서 하고, 재봉틀을 쓸 때만 앉는다. 우선 패턴 테이블에서 패턴을 뜨고, 재단을 한 후 바로 뒤에 있는 재봉틀 테이블로 간다. 재봉틀은 주키JUKI 제품으로, 중국 상하이에서 일할 때부터 사용한 거다. 전문가들이 쓰는 공업용 재봉틀로 여러 기능적 이점도 많지만, 두꺼운 천도 잘 박힐 정도로 힘이 좋다. 그다음 바로 옆 다리미 테이블에서 다림질을 한 뒤 다시 재봉틀로 마무리하는 시스템이다. 재단에 필요한 도구들은 테이블 위에 그의 방식대로 놓는다. 자칫 어수선해 보일 수 있지만, 그만의 작업 방식에 맞게 놓여 있다.

　　그는 작업하다 영감이 떠오르면 바로바로 노트에 디자인 스케치를 한다. 그가 즐겨 쓰는 전문 스케치용 스프링 노트도 있지만, 작업을 하거나 다른 일을 하다가 그때그때 떠오르는 디자인은 수업 때 사용하고 남은 푸른색 도화지, 찢어진 종이, 이면지 등 기록할 수 있는 모든 것에 적는다. 스케치를 할 때는 주로 연필을 쓴다. 아껴 쓰다 보니 14년 된 몽당연필도 있다. 손으로 쥘 수 없이 짧아진 연필도 많다.

　　그리고 그에게는 특별한 가위가 하나 있다. 바로 왼손잡이용 가위다. 선천적 왼손잡이인 그는 어릴 적 부모님의 영향으로 후천적 오른손잡이가 됐지만, 지금도 섬세한 작업을 할 때는 왼손이 더 편하다. 그래서 왼손잡이용 전문 가위를 사용한다.

　　그가 컴퓨터로 디자인 작업을 하는 책상은 카페 한쪽에 복층 구조로 마련한 오피스에 자리한다. 검은빛에 가까운 짙은 인디고블루로 벽면을 칠해 인디고트리의 아이덴티티를 담은 공간이다. 그의 책상과 아내 책상을 ㄷ자로 배치하고, 원목과 빈티지 가방, 그리고 상하이에서 일할 때 함께했던 사진작가의 흑백 사진을 자유롭게 배치해 창의적인 공간을 완성했다. 책상 뒤에는 키 낮은 책장에 자주 보는 책을 수납하고, 인더스트리얼 조명과 작업등으로 내추럴하고 아늑한 분위기를 더했다.

나무 중앙에 걸린 가방 2개는 실제 부부가 즐겨 메는 배낭이다. 이 배낭을 짊어지고 여행도 자주 다니고, 산에도 오른다. 어디론가 떠나고 싶게 만드는, 그들만의 상징적인 오브제다.

생 각 의   원 천 ,
빈 티 지   그 리 고   슬 로 우   라 이 프

파리 유학 시절, 그는 주말마다 플리마켓을 찾았다. 그에게 플리마켓은 전 주인에게 사랑받아 온 오래된 물건들이 가득한 박물관과도 같았다. 졸업 작품 역시 빈티지에서 영감을 받았고, 그때 빈티지에 관해 공부를 많이 했다.

"지금도 새로운 물건들이 속속 나오고 있잖아요. 그런데, 왜 아직도 옛날에 만든 디자인이 이렇게 마음을 움직이는지, 요즘에는 이런 디자인이 왜 안 나오는지 생각을 많이 했어요. 그러면서 점점 빈티지의 매력에 빠진 거 같아요. 시대는 계속 트렌드를 요구하지만, 우리 마음은 다시 옛 것으로 회귀하는 것 같았죠."

유학 시절 즐겨 다녔던 플리마켓은 시간이 깃든 물건에 대한 생각 그리고 그의 디자인 철학을 바꿔 놓았다.

"제가 원래 생각하는 걸 좋아해요. 그런데 빈티지를 보고 있으면 저절로 생각에 잠기게 되죠. 이게 언제 만들어졌는지, 왜 만들었는지, 이런 디자인은 어떻게 생겨났는지 등을 생각하고 상상하는 게 저에게는 휴식이자 즐거움이에요."

그가 모아 온 애장품도 그의 공간에 항상 자리한다. 파리의 플리마켓에서 어렵게 구한 밀리터리 빈티지 틴 케이스 안에는 그가 졸업 작품을 만들 때 영감받은 소재와 컬러, 작업 스케치, 사진 등의 재료가 담겨 있다. 파리에서 전시 초청을 받아 1달 동안 전시를 한 적도 있는 그의 보물이자 잊지 못할 추억이다. 프랑스의 탱크 운전병 헬멧, 장갑, 조명 등 그가 소중히 모은 밀리터리 빈티지 아이템 역시 항상 공간 안에 두고 자주 보면서 생각에 잠긴다.

예전 귤 창고에서 나온 쓰레기 중 병원에서 쓰던 오래된 집기들이 다양했다. 창고의 전 주인이 외과 병원을 운영했기 때문이다. 그는 의료용 침대 프레임을 카페 공간에서 드립 커피 내리는 테이블로 활용한다. 이렇게 빈티지가 새로운 옷을 입고 재탄생되는 경험은 그에게 즐거움이었다. 남의 눈에는 그저 오래된 물건, 버려야 할 물건이 그의 손에서 다른 용도로 재탄생됐다. 쓰레기를 수거하는 분이 그의 감각을 알아채고 배에서 쓰던 6m 두께의 목재를 주기도 했다. 그는 그 나무를 갈고 다듬어 대문을 만들었다. 배에서 쓰던 나무는 물과 바람 등을 이겨 낸 튼튼한 것이라서 변함이 적고, 오랜 시간이 묻은 그 빈티지함은 돈 주고도 살 수 없는 귀한 디자인 요소다.

그가 제주에 내려온 이유는 앞으로 만들어 갈 인디고 염색 작업도 있지만, 슬로우 라이프를 실천하기 위해서다.

"회사에 다닐 때는 봄, 여름, 가을, 겨울 시즌별로 콘셉트를 잡고 기계적으로 디자인 작업을 했어요. 사람들의 다양한 취향에 맞춰 베이직한 것도 해야 했고, 트렌디한 것도 해야 했죠. 제가 정작 하고 싶은 디자인보다는 사람들의 요구에 맞춰 빠르게 작업해야만 했어요."

제주도에서 원하는 작업을 한다고 해서 스트레스가 없는 건 아니다. 하지만, 회사에 다니면서 받는 정치적인 이슈나 마감 압박 등은 사라졌다. 그리고 제주의 삶은 그를 전보다 더 능동적으로 만들었다. 마감 일정이 아니라 스스로 일을 찾아 움직였고, 그 움직임은 공간과 예술에 대한 관심을 다시금 살아나게 했다.

"그저 시즌마다 빠르게 생기고 사라지는 것이 아니라 수작업으로 무언가를 만드는 분도 많아졌으면 좋겠고, 이를 추구하는 문화층도 더 두꺼워졌으면 하는 바람이 있어요. 얼마 전, 제주도에서 수작업하시는 분들을 찾다가 대나무 바구니를 만드는 할아버지를 만났어요. 그런데 그분의 실력이 엄청난 거예요. 정말 어떻게 이런 분이 알려지지 않았는지 의심스러울 정도였죠. 그런 분들이 많이 그리고 널리 알려졌으면 좋겠어요. 그런 분들의 실력을 배우고, 지키는 일에도 관심이 많아요."

인디고 염색, 쪽 염색도 우리네 전통문화다. 일반적으로 이런 전통문화는 디자인이 예스럽고 값이 비싸다고 생각한다. 하지만, 앞으로 글로벌 트렌드는 이런 천연 염색 시장으로 가고 있다. 그래서 젊은이들의 손과 감각이 필요하다. 전통에 현대적인 감각이 더해지면 충분히 더 세계적으로, 젊게 우리 문화를 확산할 수 있다.

그의 인생 제2막은 이제 시작이다. 그래서 기초를 잘 다져야 한다. 다른 이들은 은퇴 후에나 하는 삶을 그는 30대 후반의 나이에 도전했다. 빨리 시작한 만큼 인디고 염색을 더욱 전문적으로 익히고 발전시키며 평생 작업을 꾸준히 이어갈 것이다.

"그동안 쉴 새 없이 바쁘게 일만 하고 열심히 달려온 거 같아요. 앞으로 가야 할 길은 아직 더 멀지만, 조금 더 인생을 둘러보고, 시간을 만끽하며 살고 싶어요. 그래서 제주도로 온 거고요. 지금은 제주 생활에 적응하는 기간이라 서툴고 익혀야 할 것도 많지만, 조금 안정되면 제주의 자연을 맘껏 즐기며 일과 생활의 밸런스를 맞추고 살고 싶어요."

책상은 과거와 현재를 잇는

디
자
인

시
그
널

제프 대표

김승준

MY
DESK

가죽을 주재료로 세월이 흘러도 변치 않는 클래식한 디자인의 가방, 지갑 등을 선보이는 제프JE.F의 김승준 대표는 차고 딱딱한 느낌보다는 따뜻하고 유연한 물성에 관심이 많은 미술학도였다. 물성은 다양한데, 차고 딱딱한 느낌보다는 따뜻하고 유연한 것을 더 좋아했다. 그러다 보니 자연스레 가죽에 관심을 갖게 됐고, 과거에 있던 아날로그 형태들에 가죽을 덧입혀 가방이나 액세서리 등을 만들어 선보였다. 대학에서 순수미술을 전공하고, 시간의 흐름이 더해갈수록 그 가치가 깊어지는 가죽 본연의 물성에 매료돼 가죽 디자이너가 되었다. 2011년, 자신의 애칭을 따서 제프JE.F라는 가죽 크래프트 브랜드를 런칭했다.

WWW.JEF-STORE.COM

매일 새로운, 들여다볼수록 풍성한
영감의 원천

　　가죽 디자이너이자 빈티지 컬렉터이기도 한 김승준의 책상
은 한적한 서촌의 정감 있는 골목 안쪽, 그의 가죽 크래프트 브랜
드 제프의 한옥 쇼룸에 있다. 빈티지 컬렉터답게 책상 또한 시간의
흔적을 고스란히 간직한 것이다.

　　"약 70년 된 스칸디나비안 오리지널 빈티지 데스크죠. 지인
의 소개로 구매했는데, 첫 느낌부터 오랜 친구를 만난 듯 편안했어
요. 조금 가까이 접근하면 단순히 기교로 흉내 낼 수 없는 디자인
적 가치가 가득 묻어나죠. 흔히 볼 수 없는 자연스러운 질감의 티
크 소재는 물론, 일각들의 디테일한 구현이나 재치 있는 수납 구
조, 손잡이 하나하나 모두 세심하게 만들어 사용하면 할수록 만족
감이 큽니다."

　　책상에서 그는 주로 간단한 가죽 마무리 작업을 하거나 디
자인 구상을 한다. 그의 책상 앞에 앉으면 매일 새가 날아들고 고
양이가 산책하는 고즈넉한 한옥 마당을 바라볼 수 있는데, 작업에
영감을 받기에 더없이 좋은 배치다. 남향이라 온종일 빛이 들어오
며 시시각각 해에 따라 변하는 풍경은 그저 책상에 앉아 사색을
즐기는 것만으로도 마음을 풍요롭게 만든다. 특히 아침 8시 즈음,
빛의 색깔이 급속도로 바뀐다. 그는 이 시간에 책상에 앉아 있는
걸 가장 좋아한다.

　　"세월의 흐름을 간직한 빈티지 가구다 보니 자꾸 그 공간
안으로, 책상 앞에 저를 앉게 하는 매력이 있어요. 책상은 딱딱한

나무로 만들어졌지만, 디테일 하나에도 사용하는 사람을 배려한 디자인이 곳곳에 스며 있어 부드럽고 안락한 느낌을 주죠. 빈티지 데스크는 하루하루 새롭고, 들여다볼수록 풍성한 저만의 작은 세상과 같아요. 그러다 보니 책상에 앉는 것만으로도 구상이 떠오르고는 해요."

그에게 빈티지는 '곱게 모셔두고 눈으로 즐기는' 것이 아닌, 일상에서 사용해도 전혀 문제가 없도록 견고하고 튼튼한 것이어야 한다. 아름다움과 실용성, 둘 다 만족시켜야 가치 있다고 생각하기 때문이다. 그래서 그는 영감의 장소로만 책상을 사용하지 않는다. 부부가 함께 책상에서 오붓하게 식사를 즐기는 식탁으로, 손님이 왔을 때는 티테이블로, 여럿이 모여 의견을 나누는 회의 테이블로, 일상 속에서 자연스럽고 다양하게 활용한다.

옛 감성과 교감하는
책상 위 물건들

그의 책상 위에는 한 땀 한 땀 스티치 장식이 멋스러운 가죽 테이블 매트와 필통, 만년필, 빈티지 시계와 멋스러운 각인 박스 등이 놓여 있다. 그중 디지털 작업보다 무엇이든 기록하는 걸 좋아하는 아날로그적인 취향을 여실히 보여주는 것이 바로 만년필이다. 책상 위에서 작업하며 빈 노트 위에 한 글자 한 글자 꾹꾹 눌러 생각을 정리하기도 하고, 수많은 영감을 그림으로 기록하기도 한다.

"독일, 이탈리아, 일본 등 다양한 나라의 만년필을 구비해 상황에 따라 다르게 사용해요. 각 나라의 만년필 차이는 나라별 문자를 이해하면 그 특성을 파악하기 쉬워요. 한자권 나라들은 획수가 많기 때문에 가느다란 세필일 수밖에 없고, 유럽은 그에 비해 확실히 두껍죠. 이런 만년필 하나도 문화를 무시할 수 없어요. 책상 위에서 늘 사용하는 일상적인 작은 소품도 항상 애정을 갖고 만지면서 곰곰이 생각하면 배울 점이 참 많아요."

그의 책상에는 가죽으로 만든 작은 스탠드가 항상 자리한다. 그가 즐겨 쓰는 펜과 휴대전화를 올려 두기도 하고, 작업하다가 도구를 건조할 때 등 다양하게 활용한다. 항공기 계기판에 설치돼 있던 작은 빈티지 시계 또한 그가 시간을 볼 때마다 옛 감성과 교감할 수 있도록 도와주는 그만의 데스크 아이템이며, 그동안 모아 온 각인들과 작업 칼을 담은 클래식한 컬렉션 박스 역시 그의 아이덴티티를 보여주는 주요한 물건이다. 또, 느티나무로 만든 작은 차 뚜껑과 작가가 일일이 손으로 깎아서 나무의 결을 그대로 살린 화기 같은 나무 오브제가 있다. 나무에서만 느낄 수 있는 좋은 에너지를 가득 받을 수 있어 책상에 항상 두고 보는 물건이다.

책상 서랍은 제프의 프리미엄 라인들을 차곡차곡 보관하는 곳이다. 평상시 쇼룸에 디스플레이하기보다 필요할 때마다 서랍에서 꺼내 좀 더 특별하게 관리하는 용도로 활용한다. 또, 나머지 서랍에는 그가 아끼는 필기구와 칼 같은 작업 도구를 넣는다.

디자인과
실용의 조화

그의 유서 깊은 책상에 비해 의자는 꽤 캐주얼한 느낌의 가벼운 철제 접이식 의자다. 그러나 그는 이 의자가 오래 앉아 있어도 편하고, 의외로 책상과 궁합이 잘 맞는다고 한다.

"책상 의자는 1950년대 미군들이 야전에서 쓰던 밀리터리 빈티지예요. 밀리터리 제품은 전쟁 중에 사용되기 때문에 기본적으로 튼튼하고 가벼워 이동하기 쉽다는 특성이 있어요. 좋은 디자인과 실용성, 이 두 가지를 충족시키는 것이 제가 밀리터리 빈티지를 좋아하는 이유죠."

미군 체어의 시트는 쿠션감이 좋은 패브릭이 아니다. 보기에도 딱딱해 불편할 것 같은 나무 소재인데, 인체 공학적인 커브를 잘 살려 오래 앉아 있어도 불편함이 없도록 제작됐다. 애초에 의자를 만들 때부터 쿠션으로 대충 만들지 않고, 인간의 곡선을 배려한 것이다.

"전에는 물건을 하나 살 때 이런 디테일까지 주의 깊게 고려하지 못했어요. 그런데 잘 만든 옛 물건들을 유심히 보다 보니 자연스럽게, 인간에 대한 배려가 우선이고, 기본이라는 걸 깨달았죠. 그게 빈티지의 진정한 가치이고요. 그런 깨달음이 자연스럽게 일과 연결돼 모든 면에서 두루 반영되는 거 같아요."

디자인적 균형미와
일의 효율적 동선을 모두 만족

제프의 쇼룸 한옥은 크게 3구역으로 나뉘어 있다. 책상이 놓인 작업실, 제프의 가방을 전시하는 메인 쇼룸, 사무실 겸 액세서리를 진열하는 작은 쇼룸.

잘 나뉜 세 공간은 보는 것만으로도 균형미가 있어 묘한 안정감을 준다. 중앙에 오픈된 작업실은 책상과 작업대가 의자 하나를 사이에 두고 적당한 간격으로 마주 보는데, 이로써 공간 활용도가 높아지고, 필요에 따라 앞, 뒤로 작업을 쉽게 할 수 있어 효율적인 동선도 자연스럽게 형성됐다.

책상과 마주한 작업대 또한 인도네시아에서 폐목을 집성해 만든 테이블이다. 나무 표면을 잘 살펴보면 페인트가 희끗희끗 벗겨지고 못 자국 등이 그대로 남아 있지만, 자연스럽고 낯설지 않은 느낌이 좋아 작업대로 선택했다. 그의 또 다른 책상이라 할 수 있는 작업대는 주로 제품이 완성되기 전, 마무리 작업을 하는 공간으로 쓰인다. 실로 꿰매거나 가죽을 눌러 주는 작업 등을 하는데, 이때 필요한 도구들을 작업대 한쪽에 구역을 나눠 사용하기 편한 순으로 배치했다. 작업을 하다 보면 필요한 도구를 그때그때 바로 사용해야 해서 그만의 룰을 만들어 정리했다.

작업은 주로 몰입도가 높은 저녁 10시 이후에 한다. 밤에 작업을 하는 특성상 각각 공간에 맞는 스탠드 조명, 테이블 조명, 천장 조명 등을 설치해 빛에도 신경을 많이 썼다. 특히 키 큰 스탠드는 1930년대 미국에서 사용된 인더스트리얼 조명인데, 7:3 비례가 완벽해 디자인적으로도 훌륭하며, 눈에 무리가 가지 않아 편안하게 작업할 수 있다. 빈티지지만, 지금의 전구를 쓸 수 있어 실용적이다.

하루가 다르게 새로운 신제품들이 쏟아져 나오며 트렌드가 발 빠르게 변하는 시대다. 하지만, 김승준의 책상은 과거로부터 걸려온 무전을 그만의 멋과 스토리로 승화해 과거와 현재를 잇는 시그널 같다. 우리의 시간은 이어져 있다. 한 번도 멈춘 적이 없다. 그의 책상 역시 앞으로도 그만의 속도와 이야기로 변치 않는 디자인적 가치라는 시간을 계속 이어 갈 것이다.

지속 가능한

가치를 담은 책상

코리아 CSR 대표

유명훈

영국 리즈 메트로폴리탄 대학에서 경영과 CSRCOR-
PORATE SOCIAL RESPONSIBILITY(기업의 사회
적 책임)을 전공했다. 영국에서 지속 가능 경영 CSR
컨설팅 회사에 다니다가 2004년 한국 파트너 펌으
로 코리아 CSR을 설립해 지속 가능성 개념을 국내
에 최초로 정착시켰다. 지속 가능 경영 관련 주제로
공공기관과 대기업 등의 컨설팅, 교육, 강의를 진행
하고 있으며, 2017년 '존경과 행복의 학교'를 만들
어 소기업의 CSR 자문과 개인의 지속 가능한 삶에
관한 교육 및 상담 프로그램도 함께 운영한다. 전 한
국사회책임투자포럼 이사를 역임했으며, 현재 영국
지속가능발전협의회 한국 파트너, 한성대학교 · 대
학원 CSR 초빙 교수, 지속가능경영재단의 상임 이
사를 맡고 있다. 저서로는《CSR과 지속 가능경영
1,2,3》이 있으며,《지속 가능경영의 청사진》을 번역
했다. 최근 아기의 탄생 과정을 담은 친환경 그림책
《평화로운 탄생》을 기획 · 편집했다.

선순환의 고리,
지속 가능한 삶을 위해

최근 지속 가능한 삶의 선순환 개념이 미래의 중요한 트렌드로 주목받고 있다. 많은 기업과 단체는 물론 개인들 역시 지속 가능성에 많은 관심을 쏟는 추세다. 코리아 CSR 유명훈 대표는 영국에서 지속 가능 경영을 전공하고, 다양한 실무 경험을 쌓아 2004년 국내 최초로 CSR과 지속 가능성 개념을 전파한 장본인이다.

"최근 지속 가능한 삶이 자기만 지속 가능한 삶을 영위하는 것으로 잘못 알려지고 있습니다. 지속 가능성이란 내가 사는 동안 조금이라도 우리 다음 세대가 더 나은 자연, 사회적으로 풍요로운 환경을 지속하게끔 하는 데 내가 어떤 기여를 하며 살 것인가? 이것을 고민하고 실천하는 삶입니다. 내가 조금이라도 더 나은 삶을 살면 다음 세대까지 그 영향이 이어지고, 곧, 모두가 행복한 선순환을 만드는 구조가 되는 것이지요."

요즘 미세먼지 이슈가 심각하다. 우리도 이렇게 숨쉬기 힘든데, 다음 세대는 더 괴로울 것이다. 우리가 미세먼지를 줄이기 위해 노력하면 우리도 좋고, 다음 세대가 살아가는 데도 훨씬 좋을 것이다. 이렇게 좋은 것이 지속되는 상생의 순환 고리를 만드는 것이 지속 가능성의 핵심이다.

지속 가능성 개념은 1994년 브라질에서 열린 UN 글로벌 총회에서 공식적으로 처음 발표됐다. 빠른 성장을 위해 사용되는 자원, 자연 등의 환경을 우리 세대에서 고갈시키지 말고, 다음 세대까지 지속 가능하게 하자는 메시지가 세계적으로 처음 알려진 것이다.

"영국에서 지속 가능성에 관해 공부하면서 우리에게도 정말 필요한 가치라는 것을 깨달았습니다. 그런데 지속 가능성이라는 좋은 개념을 한 회사에 들어가 펼치면 그 회사에만 기여하는 거라는 생각이 들었죠. 조금 더 많은 기업과 조직, 개인에게 알리고 싶어 코리아 CSR이란 회사를 차리고 컨설팅과 자문, 교육, 강의 등을 업으로 삼았습니다."

약 15년 동안 기업의 사회적 책임과 지속 가능성에 몰두해 온 그는 2017년부터는 '존경과 행복의 학교'를 만들어 개인의 삶에 지속 가능성을 적용하는 교육도 함께하고 있다. 마이크로 스쿨 콘셉트이며 남녀노소 누구나 지속 가능성을 삶에 손쉽게 적용할 수 있는 다양한 방법을 제시하고, 함께 이야기 나눈다.

존경과 행복의 학교는 가평에 위치한 그의 집에서 열린다. 학교 이름 역시 그의 집 이름 '존경과 행복의 집'에서 따왔다.

"제가 어릴 때부터 바란 꿈 중 하나가 바로 학교를 만드는 것이었습니다. 학교라 하면 큰 교육 기관만 생각했는데, 아내가 너무 크게 멀리만 보지 말고, 있는 공간에서 작게 시작해 보자고 권했습니다. 우선 작게라도 시작하면 그 꿈을 이루게 되는 것이라는 말에 용기를 얻었죠. 그래서 오피스 겸 서재로 사용하는 저희 집 한 공간에 존경과 행복의 학교를 설립했습니다."

인생의 핵심 가치,
존경과 행복

'존경'은 유 대표 인생의 핵심 가치이고, '행복'은 향기 작가인 아내 한서형의 핵심 가치다. 부부는 처음 집을 지을 때부터 존경과 행복의 의미를 담아 건축가에게 집을 설계해 달라고 제안했다.

그가 어릴 때부터 가진 인생의 질문 하나가 바로 '어떻게 하면 내가 팔려 다니지 않고 매력적인 존재로 있으면서 사람들이 나를 찾아오게 할 수 있을까?'이다. '그렇다면 사람들이 찾아가는 이는 과연 어떤 사람일까?'로 질문이 이어졌고, 이에 관해 공부를 많이 했다. 많은 사람이 찾는 이들의 공통점은 바로 '존경할 만한 사람'이었다. 존경 尊敬의 사전적 의미는 남의 인격, 사상, 행위 따위를 받들어 공경함을 뜻한다. 그 사람을 있는 그대로 인정하고 존중하며 높게 바라보는 게 바로 존경이다.

"대부분의 많은 문제는 그 사람을 있는 그대로 충분히 받아들이지 않고 자신의 직관대로 판단하고, 거기서 오해가 쌓이면서 발생하죠. 지속 가능한 행복을 위해서는 상대를 존경하고, 나 스스로 존경받는 사람이 되어야겠다는 생각이 들었고, 그렇게 제 인생의 핵심 가치를 존경으로 삼았습니다."

가평 축령산 자락에 있는 존경과 행복의 집은 2개의 건물로 돼 있다. 1층짜리 건물은 부부가 사는 살림집이고, 2층짜리 건물은 공용 서재 겸 각자의 오피스다.

"저희 부부가 중요하게 여기는 인생의 가치가 집에도 고스란히 반영되기를 바랐습니다. 그렇게 1년의 설계 끝에 두 건물의 존경과 행복의 집이 지어졌죠. 건물은 각기 다른 방향을 보도록 설계됐는데, 서로 독립된 존재로 인정해 주자는 존경의 의미를 담았습니다."

부부는 함께 있을 때 외에 각각 혼자 있어도 행복하고, 그 행복이 서로에게 시너지를 줘야 한다고 생각했다. 실제 부부는 아침에 일어나 각각의 공간에서 명상과 요가를 따로 즐기며 서로를 존경하는 시간을 갖는다.

공용 서재는 작은 마을 도서관 콘셉트로 책도 보고 음악도 들으며 많은 이들과 소통하는 커뮤니티 공간이다. 4.5m 높이의 층고를 살려 한쪽 벽면 가득 책장을 설치했으며 그 앞으로는 큰 원목 테이블을 놓아 많은 이와 소통하는 자리를 마련했다. 존경과 행복의 학교는 바로 이 공간에서 열린다.

지속 가능한 가치를
구현한 공간

공용 서재 안쪽 방이 유 대표의 사무 공간이다. 유리문을 열면 한 폭의 풍경화를 담은 듯, ㄱ자 형태의 모서리 창이 가장 먼저 눈에 띈다. 모서리 자체에도 틀을 넣지 않았는데, 이는 틀마저도 최소화해 더 많은 것을 볼 수 있게 함이다.

"여기에 살면서 가장 행복한 건 바로 자연을 마음껏 보고 즐길 수 있다는 점이에요. 이런 이점을 사무 공간에도 담고 싶었죠. 아침과 낮에는 따뜻한 햇볕이 가득 들어오고, 밤에는 달빛이 내려앉죠. 일부러 창을 책상 옆과 뒤에 배치해 일하다가 고개를 돌렸을 때 자연이 펼쳐지도록 했습니다."

그가 창을 등지게 책상을 놓은 이유는 2가지다. 우선 첫째는 이 공간에 들어왔을 때 의자의 검은 뒷모습이 보기 썩 좋지 않았다. 그리고 풍광이 좋기에 항상 창을 바라보게 되면 일할 때 주의가 산만해진다. 일할 때는 집중하고, 쉴 때 고개를 돌려 자연을 드라마틱하게 즐기고 싶었다.

유 대표의 책상은 부부가 결혼하고 신혼집에서 쓰던 2인용 부부 책상이다. 소나무 원목으로 맞춤 제작한 테이블로, 신혼 시절의 행복한 추억이 가득 깃든 부부의 첫 가구다. 책상 위에는 컴퓨터를 사이에 두고 왼쪽은 그가 즐겨 읽는 책과 작업 중인 서류와 노트가, 오른쪽에는 필기구와 다기, 그리고 그의 다양한 애장품들이 줄 맞춰 단정하게 있다.

왼쪽에 놓인 책은 그만의 방식대로 정리한다. 그는 책 한 권을 다 읽고 다른 책으로 넘어가기보다 한 번에 여러 권의 책을 동시에 보는 독서법을 즐긴다. 그렇기에 책상 위에는 그가 즐겨 읽는 책들이 정리돼 있는데, 왼쪽부터 봐야 할 책, 일에 필요한 자료와 노트, 그리고 지금 읽는 책 순이다. 급하게 외근을 나가야 할 일이 생기면 가운데 놓인 서류와 노트만 가방에 넣고 집을 나선다. 이곳저곳에서 자료를 찾는 수고스러움을 덜며 시간 낭비도 줄일 수 있는 그만의 책상 정리 노하우다.

책상 오른쪽은 그가 좋아하는 물건들의 공간이다. 덴마크를 대표하는 건축가이자 디자이너 아르네 야콥센의 탁상시계, 그 옆으로 성공과 부를 상징하는 노란색 코끼리와 컵에 담긴 작은 화분이 있다. 파란 매트 위에는 일에 필요한 메모지와 스테이플러, 클립, 필기구, 잉크, 자, 다기 도구가 가지런히 있다.

그의 연필 사랑은 MBC 9시 뉴스에 나올 정도로 유명하다. 이제는 글을 쓸 때 펜보다는 키보드가 더 익숙한 시대지만, 그는 책을 쓰거나 강의를 준비할 때 초안만큼은 연필로 노트에 직접 쓴다.

"연필은 제가 가꾸지 않으면 역할을 못 하잖아요. 사각사각 나무가 주는 따뜻한 질감, 종이와 흑연이 마찰하는 소리에 어느새 마음이 차분해지죠. 저는 책을 쓰거나 강의를 준비할 때 키보드로 작업하면 오히려 시간이 더 오래 걸립니다. 어떤 내용을 담을까 고민하며 구조를 짜고, 생각도 정리하면서 노트에 연필로 기록하면 작업이 더 빨리 진행되죠."

연필은 아날로그적인 필기감도 좋지만, 지우개로 지울 수 있다는 점이 좋았다. 강의를 할 때 조직이나 콘셉트에 맞게 매번 다른 교안을 작성하는데, 노트에 연필로 생각을 쓰고 다시 지우기를 반복해서 정리한 다음 컴퓨터에 입력한다. 그의 책상 왼쪽 수납장 위에는 다음에 쓸 새 연필만 모아 놓는 나무 상자가 있다. 여행지마다 사 온 연필을 모은 것인데, 보기만 해도 마음이 따뜻해지는 그의 힐링 아이템이다.

그는 새벽 5~6시 사이에 일어나면 우선 책상에 앉아 창을 바라보며 명상을 한다. 그의 책상 주변에는 뇌파를 측정하는 장비도 있다. 명상에 얼마나 집중하는지를 측정하는 기계다. 명상을 마치면 책상 위에 정갈하게 놓인 그만의 전용 다기로 차를 마시며 하루를 시작한다.

"일할 때는 특히 밤에 집중이 잘 되죠. 책상 왼쪽에는 폴 스미스 스페셜 에디션 스탠드 불빛이, 오른쪽에는 달빛이 드리우는데, 그 분위기가 마음에 안정감을 주며 일에 몰입할 수 있도록 해 줘요."

책상 옆과 뒤 모서리 창가 쪽에는 ㄱ자로 선반을 짜 넣어 그가 좋아하는 물건들을 올려놓았다. 취미로 시작한 재봉틀부터 보기만 해도 기분 좋아지는 건담 프라모델 박스, 그리고 수집 중인 부엉이 오브제, 아내의 향기를 품은 달항아리 작품과 그만을 위해 만들어 준 수제 향수들이 차례대로 진열돼 있다. 선반 밑으로는 그동안 모은 자료들이 종류별로 박스에 보관돼 어떤 자료가 어디에 있는지 손쉽게 파악할 수 있다.

책상 앞은 일 외에 책을 읽고 음악을 듣고 사진 작품을 감상하는 그만의 휴식 공간이다. 벽면 가득 원목 책장을 짜 넣었는데, 여기에도 그만의 방식대로 책이 정리돼 있다. 가운데 칸은 그가 쓴 책들, 그리고 한쪽은 기업 보고서나 일할 때 주로 보는 책들이 꽂혀 있다. 그리고 그가 좋아하는 에세이나 소설 등의 책은 따로 분류해 놓았다.

책장 앞에는 노르웨이 피요르드FJORDS의 리클라이너 소파가 있으며 최근 관심 있는 책들을 올려놓는 작은 테이블과 베르너 팬톤의 430 체어를 놓아 쉴 수 있는 공간을 만들었고 조명은 루이스 폴센의 PH5를 달았다. 작은 공간이지만, 취향을 오롯이 느낄 수 있는 그만의 휴식처다. 취미로 즐기고 있는 아프리카 전통 북인 잼배가 있고, 한쪽 벽면에는 그가 좋아하는 미국의 사진작가 안셀 애덤스ANSEL ADAMS의 흑백 풍경 사진도 걸어 두었다.

그는 자신의 책상을 '지속 가능한 오피스의 실현'이라고 정의한다. 대부분 지속 가능성 하면 환경 쪽으로만 생각하기 쉽다. 하지만, 지속 가능하다는 건 내 삶이 얼마나 나의 가치에 따라서 구현되느냐, 나의 작은 노력이 나한테도 도움이 되면서 다른 사람한테도 영감을 줄 수 있는지도 포함된다. 그의 책상은 지속 가능한 가치를 구체적인 형태로 구현한 공간이다.

의 식 주 의
지 속 가 능 한 소 비

그는 책상에서 쓰는 물건은 연필 한 자루, 노트 하나 그냥 고른 것이 없다. 다 각각 의미가 있고, 이야기가 담겨 있다. 지금 사용하는 노트는 영국에서 샀는데, 경력단절 여성들이 수작업으로 만든 것이다. 되도록 이런 사회적 기업의 제품을 사용해 지속 가능한 가치가 담긴 물건을 써 보고, 그 경험을 일할 때 반영한다.

책상 옆 오픈 수납장에 놓인 가방 역시 그렇다. 영국을 대표하는 디자이너 재스퍼 모리슨과 한국의 젊은 디자이너들이 만든 가방부터, 스위스 업사이클링 브랜드 프라이탁의 가방 등 그가 즐겨 메는 것이 차곡차곡 정리돼 있다. 특히 노란 빛의 프라이탁 가방은 그가 스위스 본사에서 직접 사 온 이야기가 담겨 있다. 프라이탁의 정체성은 폐방수천으로 가방을 만드는 업사이클링이다. 재활용, 환경친화적 제품이 그들의 DNA다. 이렇게 환경을 생각하는 브랜드를 사용하는 것 역시 지속 가능한 삶을 위한 노력 중 하나다.

시대를 초월하는 북유럽 디자인 거장들의 가구와 조명들을 사용하는 것도 마찬가지다. 지금 유행하는 디자인이 아닌, 가격이 비싸더라도 디자인의 가치가 있으며 자식에게 물려 줄 만큼 의미가 있는 것을 산다.

음식 역시 지속 가능성을 생각한다. 특히 포천에 위치한 평화나무 농장에 다녀온 뒤에는 그곳 고기만 먹기 시작했다. 보통 소의 평균 수명은 20년이 넘는다. 그런데 평균 30개월 정도에 도축한다. 촉진제를 놓아 빨리 키우고, 육질을 연하게 하기 위해 온갖 유전적인 방법을 사용한다. 사료 역시 동물성 사료로 키운다. 하지만, 평화나무 농장은 생명 역동 농법으로 농사를 짓는다. 생명 역동 농법이란 우주와 자연의 기운을 함께 생각하며 자연과 조화를 이루는 농업 방식이다. 다양한 농산물은 물론 자유롭게 노니며 깨끗한 자연환경에서 건강하게 자라도록 소, 돼지, 닭 등을 키운다. 그 좋은 기운은 그 음식을 먹는 사람에게 그대로 전해진다.

물건 하나를 사더라도 직원이 행복하게 일하는 곳, 올바른 방식으로 정직하게 만드는 곳을 찾는다. 그는 어떤 물건이든 이런 기준에서 고르려고 노력한다. 그렇게 작은 소비가 올바르게 자리 잡히면 기업과 소비자 모두 이익이다. 그것이 결국 지속 가능성의 핵심이다. 물건을 만드는 사람이 좋은 소재를 써서 자연에 해를 주지 않고, 그게 버려졌을 때 다시 재순환되는 시스템. 그리고 그걸 사용하는 사람이 많아지면 이 지구는, 환경은 더 지속 가능해진다.

"기업의 사회적 책임, 윤리적인 경영, 윤리적인 소비 등 이런 것들이 콘셉트로만 존재하는 게 아니라 일상에서 반영되게끔

하고 싶습니다. 그래서 제가 먼저 그런 제품을 써 보고, 그런 것들을 계속 옆에 두고, 누군가 왔을 때 소개하고 자문해 주려고 해요. 앞으로 그런 것들을 잘 모아서 지속 가능성과 CSR, 사회적 책임을 다루는 콘텐츠와 교육을 전문적으로 만드는 게 제 꿈입니다."

책상은

나무가 자라는 숲

굿핸드굿마인드 가구 디자이너

진선희

MY
DESK

대학에서 조소를 전공하고, 목수이자 가구 디자이너가 되기 위해 가구 공장에서 일하며 나무 만지는 경험을 쌓았다. 이후 공방에서 목공예를 전문적으로 배우고, 우연한 기회에 나무 깎는 포토그래퍼로 잘 알려진 조남룡 작가와 핸드메이드 가구 브랜드 GHGMGOOD HAND GOOD MIND(정직한 손길과 마음으로 좋은 가구를 생산한다는 뜻)를 함께 만들어 가구 디자이너의 꿈을 이뤘다. GHGM은 '오래 쓸수록 빛나는 가구'를 추구하는 곳으로 테이블, 의자, 침대 등 가구에서부터 펜이나 자 같은 데스크 용품, 그리고 도마와 접시 등 주방용품까지, 나무의 본질을 살려 실생활에서 유용하게 사용할 수 있는 다양한 아이템을 선보이는 곳이다. 내추럴하면서도 감각적인 공간 덕에 각종 매거진 화보는 물론 CF 촬영지로도 유명하다.

WWW.GHGM.CO.KR

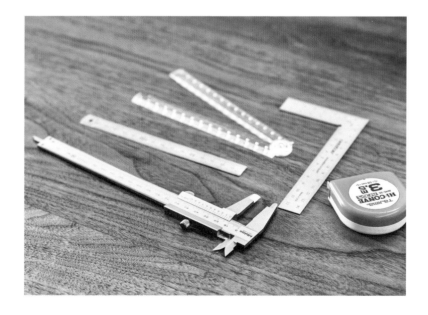

대화를 이끄는
오픈형 책상

숲속의 나무는 베는 순간 성장을 멈추지만, 목수에 의해 하나의 목물로 태어나면서 다시 숙성이 시작된다. 서울에서 1시간 남짓, 경기도 용인시 수지구 동천 한적한 도로변의 GHGM은 가구 디자이너 진선희가 꿈을 펼치는 일터다.

이곳은 층고가 높은 창고형 건물로, 그가 일하는 GHGM의 오피스와 브랜드 아이덴티티를 보여 주는 쇼룸, 그리고 누구나 편하게 들어와 가구를 경험하면서 차를 즐길 수 있는 카페로 운영된다.

1층 카페 문을 열고 들어서면 먼저 탁 트인 복층 구조가 한눈에 들어온다. 기분 좋은 커피와 나무 향이 코끝을 맴돌며 후각을 자극하고, 바쁜 마음을 가라앉히는 잔잔한 음악과 멋스러운 가구들이 오감을 만족시킨다. 특히 카페 한쪽 콘크리트 벽을 가득 메운 커다란 통나무들이 시선을 끄는데, 호두나무, 느티나무, 물푸레나무 등을 그대로 절단해 고유의 결과 형태미가 살아 있는 나무의 속살이 그 어떤 인공적인 작품보다 압도적이다.

어디다 시선을 두어도 나무의 편안함이 고스란히 배어 있는 1층 카페 공간을 지나 철제 계단을 천천히 올라가면 견고한 나무의 짜임새가 돋보이는 GHGM의 가구들이 전시된 쇼룸과 마주한다. 2층은 가운데가 뚫린 ㄷ자의 복층 구조로, 진선희 작가의 책상이 전시 가구들과 함께 어우러져 있어 이곳이 일하는 사무실인지 의아함이 들 정도로 개방된 점이 특이하다.

회색 콘크리트 벽으로 둘러싸인 구석에 자리한 그의 책상은 벽과 천장의 큰 창문으로 들어오는 따뜻한 햇볕을 듬뿍 받아 평화롭고 따뜻하다. 책상은 물론 의자, 서랍장 등 책상 주변의 모든 가구가 은은한 나무의 숨결이 살아 있는 원목으로 만들어져 눈과 마음이 편안하다.

"이 건물은 원래 빈티지 가구를 보관하는 창고였어요. 처음에는 2층에 책상만 가져다 놓고 사무실 겸 작업실로 사용했는데, GHGM의 가구가 하나씩 늘다 보니 자연스럽게 오피스와 쇼룸을 겸하게 됐어요. 책상에 앉아 가구 디자인을 할 때 오픈된 구조가 작업을 방해하지 않을까 걱정했는데, 의외로 개방감도 있고, 생각도 자유롭게 할 수 있어 일의 능률이 더 오르더라고요. 그래서 일부러 칸막이나 문으로 가리지 않고, 쇼룸의 가구들과 그대로 자연스럽게 놓았죠."

책상이 오픈돼 있으니 작업하면서 손님을 맞이하는 경우도 많다. 그래서 처음에는 일에 집중하기 어려웠지만, 점차 익숙해졌다. 고객끼리 주고받는 가구에 관한 소소한 대화가 참고할 좋은 아이디어가 되면서 오히려 디자인의 완성도와 퀄리티를 높일 수 있었다. 또, 디자이너의 작업 과정이 그대로 공개되니 고객들 역시 GHGM 가구에 더 많은 관심과 신뢰를 갖게 되었다.

"고객은 물론 리빙 관련 업종에 종사하는 분들도 자주 오시는데, 딱딱한 오피스가 아닌 자연스러운 쇼룸 공간에서 편하게 작업 얘기를 할 수 있어 좋아요. 그러다 보면 좀 더 창의적으로 협업할 수 있는 재미있는 아이디어도 나오고 그래서 더 많은 프로젝트를 기획할 기회가 되는 거 같아요."

나 무 처 럼
살 아 숨 쉬 는 공간

진선희 작가의 네모반듯한 원목 책상 위에는 특별한 오브제나 장식품이 없다. 가구 관련 서적이나 문구류 등 일에 필요한 물건만 있다. 오피스 공간이자 가구 쇼룸으로 2가지 기능을 겸하는 곳이기에 가구보다 더 눈에 띄는 물건이 있으면 오히려 고객의 시선을 빼앗을 수 있기 때문. 벽면은 회벽이라 자칫 차가워 보일 수 있어 가구 비례감을 연습한 드로잉 스케치를 붙여 놓았는데, 공간에 예술적 감각을 더해준 일등 공신이다. 마스킹 테이프로 꾸미지 않은 듯한 느낌을 준 것 또한 멋스럽다.

"일부러 해가 제일 잘 드는 곳에 책상을 놓았어요. 창을 통해 들어오는 자연광이 풍부해 일반 형광등보다 원목 샘플 블록을 보며 색감을 조합해 보기 좋죠. 그래서인지 색감 있는 특수 목들을 활용한 디자인 작업을 더 많이 하게 되는 것 같아요."

해가 잘 드는 곳에 놓은 책상은 정신적인 부분에도 많은 영향을 준다. 오전 9시에 출근하면 천장과 벽 모든 창에서 빛이 가득 들어오는데, 이때가 하루 중 가장 여유롭고 행복하며 일을 즐겁게 시작할 수 있는 원동력이 된다.

그는 가구를 디자인할 때 나무가 가진 본성을 살리는 데 집중한다. 그러기 위해서 각 나무의 성질 공부와 가구의 용도, 사용자와의 관계 등을 세심하게 연구한다. 사용자와 가구, 공간과 가구의 관계를 깊이 생각하면 할수록 좋은 디자인과 가구가 완성되기 때문이다.

"경단풍나무, 백참나무, 벚나무, 호두나무, 티크 등, 나무는 종류에 따라 그리고 부위에 따라 다른 특성을 보이죠. 이를 개인의 취향과 생활 방식 등을 고려해 선택하면 내 몸에 꼭 맞는 맞춤복처럼 편안한 가구를 오랫동안 쓸 수 있어요."

자연스러운 나뭇결이 따뜻한 온기를 더하는 그의 원목 책상은 그가 직접 디자인했다. 그의 책상에서 가장 먼저 눈에 들어온 것은 그의 책상을 축소해 만든 미니어처. GHGM이 추구하는 가치를 담은 이 책상은 장식을 최대한 배제하고, 테이블이 갖춰야 할 기능과 나무의 속성을 그대로 살렸다. 본질을 살리기 위해 거추장스러운 것을 덜어내 직선의 단아한 아름다움을 얻었다. 디테일의 멋은 시간이 흐를수록 더해진다.

그의 책상 위 용품은 대부분 그가 실제 일하며 필요해 직접 디자인하고, 제작한 것들이다. 책상 중앙에는 디자인 스케치북이 놓여 있고, 이를 중심으로 직각자, 연필, 지우개, 원목 펜, 각기 다른 형태의 펜 홀더, 필통과 데스크 정리함, 원목 명함 케이스, 테이프 디스펜서, 클립과 미니 거울, 트레이 등이 자리한다. 모양은 다 제각각이어도 원목이라는 공통점으로 조화롭게 어우러진다. 20여 가지 원목 샘플 블록 역시 색깔은 다르지만, 나무가 주는 안정감과 편안함, 따스함이 배어 있다. 이외에도 디자인 작업할 때 꼭 필요한 도구들도 꼭 챙기는 책상 위 필수품이다.

"손 그림을 자주 그리는데, 노트에 쏙 들어가는 15cm 직각자를 사용해요. 국내에서 길이가 짧은 직각자를 찾기 힘들어 해외 사이트에서 구매했죠. 기능에 충실한 군더더기 없는 디자인이 마음에 들고, 작아서 손에 쉽게 익다 보니 작업도 한결 편해요. 미세한 지름이나 두께 등의 치수를 잴 때 사용하는 버니어 캘리퍼스 역시 제가 작업할 때 꼭 사용하는 도구에요.”

　목공 관련 책이나 다른 작업 도구들은 책상 옆 원목 서랍장과 오픈 형 수납장에 차곡차곡 종류별로 정리해 놓는다. 책상 위에는 ‘지금’ 자주 사용하는 물건만 놓는 것이 그의 철칙이다. 그가 즐겨 쓰는 8단 서랍장은 목재 본연의 무늬만을 이용해 다채로운 컬러를 표현한 것이다. 나무에 관한 깊이 있는 이해로 만든 디자인으로, 그가 추구하고자 하는 나무 본연의 가치를 그대로 담았다. 나무별로 다채로운 컬러 그러데이션이 공간에 활력을 더한다.

　“나무와 잘 어울리는 다른 소재를 찾던 중 가죽에 관심이 가기 시작했어요. 나무와 가죽은 따뜻한 촉감도 좋고, 오래 사용하면 할수록 길이 들어 멋이 더해지는 공통된 물성을 갖고 있죠. 그래서 가죽 다이어리도 만들어 쓰고, 해먹처럼 의자 시트를 가죽으로 만들어 보는 작업도 꾸준히 시도하고 있고요.”

　그의 책상 바로 옆에는 가죽 작업을 할 때 사용하는 도구가 모여 있다. 카테고리별로 한 곳에 정리하면 이리저리 물건을 찾아 헤매는 시간을 줄일 수 있기에 되도록 종류별로 정리한다.

　“나무로 만든 가구나 소품은 와인처럼 시간이 흐를수록 깊이 있는 매력을 발산하죠. 지나치게 장식을 더하는 것보다는 나무 본연의 느낌을 살려 일상 속 편안히 자리하는 가구를 만들고 싶어요. 그래서 나무마다 특유의 아름다움을 연구하고, 이를 잘 표현해 내는 데 집중해요.”

　나무와 사람을 잇는 일을 하는 가구 디자이너 진선희는 사람도 제각각 다른 얼굴을 하고 있듯 나무도 그렇다고 한다. 같은 종이라도 결이나 색, 질감 등이 다르기에 이를 잘 이해하고 표현하는 일을 하고 싶다고. 오늘도 그는 나무가 각자의 빛을 발하도록 새로운 숨을 불어넣는 작업을 하고 있다.

책상은

예술로 이끌어 주는 마중물

해금 연주가

천지윤

MY
DESK

개성 있는 음색으로 전통과 현대 음악의 조화를 시도하는 해금 연주가 천지윤. 한국예술종합학교를 졸업하고, 이화여자대학교에서 음악 박사 학위를 받았다. 2012년부터 꾸준히 음반 작업을 해 오고 있으며, 해금과 클래식 기타를 위한 작품집 《후조後彫》, 《천지윤의 해금 : 관계항1》, 재즈와 전통음악을 접목한 《천지윤의 해금 : 여름은 오래 남아》 등의 앨범을 발매해 화제를 모았다. 불교 음악, 가면극 등 우리 전통음악에 다양한 장르적 접근을 시도해 덴마크, 독일, 프랑스 등 세계 유수의 페스티벌에서 한국을 알리며 전통을 잇는 동시에 현대적으로 새롭게 해석하는 일에 앞장서고 있다. 현재 유튜브 채널에서 그의 일상과 라이브 음악 등을 즐길 수 있는 '음악가의 서재'를 운영 중이다.

책상이 된
신혼집 식탁

어릴 때부터 음악에 조예가 깊은 부모님의 영향으로 고전부터 현대까지 다양한 음악을 접하며 자란 해금 연주가 천지윤. 지금 그의 음악 역시 해금에만 한정 하지 않고, 더블 베이스, 재즈 기타 등 다양한 악기들과 협업해 그만의 자유로운 감성이 묻어난다.

고정된 틀에 박히지 않는 이런 자유분방함은 그의 서재에도 잘 드러난다. 해가 잘 들어오는 아늑한 복층 구조의 서재에는 별다른 가구가 없다. 흔한 책장 하나 없다. 단정한 책상과 의자 하나가 전부이며 그저 책상 뒤 바닥에 즐겨 읽는 책을 줄지어 세워 놓았을 뿐이다.

"대학 때 연극부와 작업을 많이 하면서 고전 문학을 자주 읽었어요. 그러면서 책에 관심을 갖게 됐죠. 그 당시 책이 많아지면서 어머니께서 제 방에 꼭 맞게 주문 제작한 큰 책장과 책상으로 멋진 서재를 꾸며 주셨어요. 그런데 한 번 그렇게 잘 갖춰진 서재를 갖고 보니 정형화된 서재는 이제 재미가 없더라고요. 그래서 결혼 후 이사하면서 책상 하나만 간소하게 둔 저만의 영감 서재를 새롭게 만들었죠."

서재에 놓인 책상은 그가 신혼 때 식탁으로 사용했던 사각 원목 테이블이다. 의자 역시 식탁과 함께 마련했던 세트. 하지만, 이보다 더 기능적인, 그럴싸하게 포장된 책상은 필요하지 않았다. 책을 읽고 차를 마시며 음악을 듣는 등 책상에서 할 수 있는 모든 일에 충분히 만족스러웠다. 평소 불필요한 물건을 최소한으로 줄

이며 단순하게 살아가는 그의 생활 방식이 드러나는 가구다.

　책상 위 역시 그의 라이프 스타일에 따라 꼭 필요한 물건만 갖춰 놓았다. 최근 그가 즐겨 읽는 책 4~5권과 책을 읽다 음악적 영감을 받으면 언제든지 기록할 수 있고, 자료를 찾아볼 수 있는 노트북, 그리고 빈 공간을 음악으로 가득 채워 주는 블루투스 스피커, 잔잔하게 퍼지는 향이 심신을 안정시키는 향초와 디퓨저만 있다. 여기에 그가 책상에 빼놓지 않고 항상 놓는 것이 바로 꽃이다. 집 근처 꽃집에서 그날그날 마음에 드는 꽃을 사서 책상 위에 올린다. 생화에서 얻을 수 있는 생기와 활력은 그가 책상에서 누리고 싶은 행복 중 하나이기 때문이다.

　멀리서 그의 책상을 가만히 보면 깊은 바다 위에 고요히 홀로 떠 있는 배 한 척이 떠오른다. 책상 아래에 놓인 깊은 바다 빛 카펫 덕이다. 딥 블루 컬러가 주는 환기 효과는 그가 책을 읽거나 명상할 때 좀 더 집중할 수 있도록 만든다. 공간에 깊이감을 더하며 마음을 차분하게 가라앉힌다. 복잡한 일상에서 벗어나 온전히 혼자만의 시간 속으로 빠져들기 좋다.

음악적 영감을 주는
책상

　그는 창작 활동을 하는 아티스트이자 한 아이의 엄마다. 집에서 육아와 음악 작업을 병행하다 보니 혼자만의 공간이 꼭 필요했다.

"음악 작업을 위해서는 생활과 분리된, 나만의 시공간에 몰입해 들어갈 수 있어야 해요. 그래서 새로 이사하면서 생활과 음악을 분리할 수 있는 복층 구조를 골랐죠. 다른 복층보다 층고가 높고, 아침 햇살이 가득 들어와 공간이 빛으로 따뜻하게 채워지는 모습에 마음을 뺏겼어요. 하루에 단 한 시간 만이라도 오롯이 나에게 집중할 수 있는 시간이 필요했는데, 이 공간이 저에게 제격이었죠. 특히 독주회를 준비하거나 큰 프로젝트를 할 때는 혼자만의 시간이 절실하거든요. 단순한 책상 외에는 더 아무것도 필요하지 않을 만큼 공간이 주는 느낌 자체가 좋았어요."

그는 가족이 모두 깨지 않은 이른 아침, 1층 생활공간에서 커피를 한 잔 내려서 책상이 있는 서재로 올라가는 그 순간이 하루 중 가장 행복하다고 말한다. 일부러 옷도 새로 갈아입고 책상에 앉는다. 그러면 집이 아닌 그만의 공간으로 들어가는 모드로 바뀐다. 펌프질할 때 물을 끌어올리기 위해 위에서 붓는 물을 뜻하는 마중물. 그는 복층 서재에 있는 그의 책상이 평범한 일상 속에서 그를 예술로 이끌어주는 마중물 같다고 한다.

"너무 음악에 몰입하다 보면 음악이 듣기 싫을 때가 있어요. 귀가 지치고 버겁게 된 거죠. 그때는 주로 음악보다는 글로 에너지를 채워요. 아주 고요한 상태에 있고 싶을 때가 많거든요. 그렇게 책에 집중하다 보면 자연스럽게 음악적 영감이 떠오르고, 책을 통해 다음 행보로 갈 수 있는 시작점을 찾게 되죠."

그의 앨범 《천지윤의 해금 : 여름은 오래 남아 》는 일본 작가 마쓰이에 마사시의 《여름은 오래 그곳에 남아》라는 소설을 모티브로 작업했다. 소설에 담긴 자연적인 묘사에 영감 받아 만든 곡들과 그가 느끼는 여름의 다양한 시각적인 이미지를 담았다.

그는 이런 음악적 영감뿐 아니라 일상을 살아가는 데에서도 책에서 많은 정보를 얻는다. 그래서 그만의 독서 방식을 고수한다. 그는 보통 한 권의 책을 다 읽고 다른 책을 읽는 게 아니라 동시다발적으로 많은 책을 함께 본다. 그래서 책상에는 늘 그 시기에 관심 두는 다양한 종류의 책이 자유롭게 쌓여 있다. 그게 소설일 수도 에세이일 수도 있고, 그때그때 다르다. 책장에 책이 꽂혀 있으면 저 많은 책을 꼭 읽어야 한다는 부담감이 생긴다. 책장 대신 책상 위나 바닥, 복층으로 올라오는 계단 사이사이에 책을 놓은 이유가 바로 그 때문이다. 그 나름의 방식으로 자유롭게 책을 배치하니 한결 가벼운 마음으로 책에 손이 갔다. 그래서 책상에 더 자주 앉게 되었다.

"고전 문학을 즐겨 읽고 에세이도 좋아해요. 작품 활동을 하다 보면 현실과 분리되는, 비현실로 가게 되는 그런 지점이 있는데 그때 에세이를 읽으면 삶과 음악이 지나치게 대립되지 않게끔 해주죠. 소설은 헤밍웨이상, 퓰리처상 등을 수상하며 미국을 대표하는 작가로 우뚝 선 줌파 라히리 작가의 책을 좋아해요. 미국에서 자란 인도 교포인데, 인도 전통과 미국의 서구화된 현대에서 항상 갈등하죠. 미국에서 태어나고 자랐지만 어떻게 보면 아웃사이더잖아요. 그런 관점에서 상황을 객관적으로 바라보는 시선이 재미있어요. 저도 전통 음악을 하기 때문에 전통 음악을 현대적으로 재해석하고 그런 것들에 계속 관심을 갖고 있어요. 전통 음악도 이 시대의 아웃사이더잖아요. 그래서인지 제가 공감할 수 있는 부분이 많아요."

독서량이 많다 보니 책 역시 자주 사게 된다. 하지만, 그 많은 책을 다 갖고 있지는 않다. 관심이 떨어진 책은 중고서점에 팔고, 주기적으로 책을 한 번씩 갈무리한다. 그의 인생에 큰 영향을 준 책, 그 자체로 가치가 있어 소장하고 싶은 책 등 그 나름의 기준을 세워 책을 남긴다. 그의 책 정리법은 책상에 앉아서도 그가 갖고 있는 책을 모두 둘러볼 수 있도록 시야 안에 두는 것이다.

함께 소통하는
만남의 장

그의 책상은 일상에서 벗어나 음악적 영감을 주고, 그만의 시간에 빠져들게 만드는 안식처다. 하지만, 여럿이 있을 때 그의 책상은 시끌벅적 행복한 웃음소리가 가득한 만남과 소통의 장으로 변한다.

"원래 식탁으로 사용했던 책상이라 여럿이 둘러앉아 차를 마시고, 이야기 나누기에 더없이 좋아요. 책상 위에 별다른 물건이 없으니 예쁜 테이블보 하나 깔고 찻잔만 준비하면 그야말로 카페 분위기가 나죠. 지인들 역시 이 공간이 주는 독립적이면서도 편안한 느낌이 좋아 자주 놀러 와요."

그는 이 책상이 있는 공간에서 작은 파티도 열고, 공연 전 리허설도 한다. 또, 최근 진행하고 있는 유튜브 채널, '음악가의 서재'의 라이브 공연도 촬영한다. 물건으로 꽉 찬 책상이 아닌 빈 공간이다 보니 그때그때 필요에 따라 지인들과 함께하는 카페로, 연습실로, 때로는 공연장으로 수시로 변한다.

"되도록 책상 위에는 불필요한 물건을 놓지 않으려고 해요. 물건이 많으면 머리가 복잡해지고, 책상에 앉아 있으면 잡생각이 많이 들어요. 지금 필요한 것들로만 놓으면 현재에 집중할 수 있죠. 그래서 마음에 온전히 들지 않으면 아예 물건을 사지 않고, 그냥 비워 둬요. 그리고 물건이 많아졌다고 생각이 들 때마다 수시로 정리를 하죠. 차라리 비워 두는 것이 책상을 더 예쁘게 하고, 그 자리에 계속 앉고 싶게 만드는 거 같아요."

해금연주가 천지윤의 책상은 일상과 예술의 경계를 이어 주는 다리이자 음악적 영감이 솟는 샘이다. 그것은 그가 남들이 정한 방식에 휩쓸리지 않고, 자기만의 색깔로 당당하게 나아갈 수 있게 하는 작은 우주다.

내 책상은

긍정의 향기

향기 작가

한서형

대학에서 문헌정보학과를 졸업하고 프리챌, 소리바다, KTH 등 IT 업계에서 웹 기획자로 17년간 일했다. 회사에 다니면서 연세대학교 정보대학원 디지털 문화·콘텐츠 트랙 석사 과정을 병행하던 중, 긍정심리학을 만나 마음을 치유했다. 이 후 아시아코치센터와 스트렝스가든, 긍정학교 등 전문교육기관에서 긍정심리 관련 공부를 계속했고 긍정을 쉽게 전하고 싶어 캘리그라피, 아로마테라피 등을 접목했다. 한국긍정심리강점전문가협회 정회원이며, 영국 아로마테라피센터 가평 교육원 원장으로 긍정과 향기를 접목한 강의와 콘텐츠 기획 등의 일을 하고 있다. 국내 첫 향기 작가로, 2017년 〈집처럼〉이라는 단체전에서 '달항아리, 향기를 머금다'라는 향기 전시회를 열었으며, 캘리그라퍼로도 활동 중이다. 슈퍼버그 박테리아 감염을 막아 주는 항균성 에센셜 오일을 다룬 책《아로마테라피 vs 메티실린 내성 황색 포도상구균》을 공동 번역했다.

행복의 원천,
긍정과 향기

프루스트 현상PROUST EFFECT은 냄새를 통해 과거의 일을 기억해 내는 현상으로, 프랑스 작가 M.프루스트의 소설《잃어버린 시간을 찾아서》에서 유래했다. 우리는 어떤 공간에 들어 선 순간 맡았던 냄새 그리고 누군가와 맞닥뜨리는 찰나에 코끝을 스친 향기로 그 사람과 장소, 그때의 분위기를 기억한다. 인간의 오감 중 가장 빨리 발달하는 것 또한 후각이다.

한서형은 치유가 필요한 이들에게 긍정의 향기를 불어넣는 국내 첫 향기 작가다. 아로마 테라피와 긍정을 접목해 향기에 긍정과 건강한 자연을 담는 다양한 작업을 하나하나 작품처럼 해 나가고 있다. 그래서 아로마 테라피스트가 아닌 스스로 긍정의 향을 창조하는 '향기 작가'란 이름을 지었고, 국내 최초로 상표 등록도 했다. 국내 1호 향기 작가인 셈이다.

"예전에는 일에 쫓겨 밤낮없이 일만 하고 주말도 없이 살았어요. 여름휴가를 제대로 간 적이 없을 정도였죠. 팀장으로 직책이 올라갈수록 일에 욕심이 생기면서 스트레스도 많이 받았어요. 그러다 제가 가장 힘들 때 긍정적 정서를 높이는 수업을 우연히 듣게 됐죠. 긍정 연습을 하면서 정말 많이 제 자신이 치유되는 것을 느꼈어요."

그때부터 그는 자신이 경험한 긍정의 힘을 다른 사람에게도 전하고 싶다고 생각했고, 2007년부터 긍정심리학 공부를 시작해 아시아코치센터의 국제인증코칭과정을 수료하고, 긍정심리감정연구소 스트랭스가든에서 전문가과정과 긍정심리아카데미를 졸업해 긍정심리강점전문가로 활동했다.

"캔들 전문가 자격증 과정에서 에센셜 오일을 공부하게 됐어요. 전문 기관에서 에센셜 오일을 배우다보니 함부로 사용해서는 안된다는 것을 알았죠. 그렇게 미국 정부기관과 영국 노동부가 인정하는 국제자격증까지 따게 됐어요."

그는 아로마 테라피를 공부하다가 에센셜 오일이 몸과 마음, 영혼에까지 영향을 준다는 것을 알게 됐다. 특히 오렌지 에센셜 오일은 긍정의 향으로 지친 마음에 생기를 더하고 행복감을 준다.

"오렌지 열매는 오렌지 나무에게 어떤 의미일까 생각해봤어요. 식물에게 열매를 맺는다는 건 오랜 노력 끝에 이룬 성공의 결실이잖아요. 식물에게 자식인 열매들이 행복감을 주는 향기를 가지는 건 너무 당연한 일 아닐까요? 이렇게 식물의 감정과 사람의 감정이 연결돼 있다는 것에서 영감을 얻어 향기와 긍정을 잇는 작업을 하기 시작했어요."

그는 일반 아로마 테라피 수업과는 다른 길을 지향한다. 일반적인 블렌딩이 아닌 그가 공부한 긍정과 향기 테마로 '마음 향수 만들기', '긍정 심리 감정 향수 만들기' 등을 주요 테마로 강의하며 이와 관련해 공공기관이나 브랜드와 협업 활동도 꾸준히 했다. 또 향기 작가로서 향기 전시회도 열었다.

"어느 날, 조선백자 전시를 우연히 보게 됐어요. 거기서 달항아리를 처음 만났는데 그 우아한 자태에 첫 첫눈에 반했죠. 이런 아름다운 달항아리에서 향기가 나면 어떨까? 라는 생각이 문득 들었고 여기서 영감을 받아 제주도 나무로 달항아리를 만들어 향기를 입힌 전시를 하게 됐어요."

나무는 향기를 잘 머금고 내뿜는 특성이 있다. 아로마 테라피 방법 중 나무 조각에 아로마 에센셜 오일을 뿌려서 발향하는 방식은 있지만, 이렇게 달항아리와 같은 나무 작품에 향기를 더한 것은 국내 최초다. 2016년에 '달항아리' 상표 등록과 디자인 특허도 받았다.

그는 인문학, 철학, 예술, 향기 등 다양한 분야를 자기만의 방식으로 자유롭게 넘나들며 활동의 폭을 넓힌다. 구성 작가로 시작해 웹 기획자로 17년간 일한 그의 경력도 한몫했다. 새로운 것을 기획하고 콘텐츠를 제작하는 건 그가 제일 좋아하고 잘하는 재능이자 일이었다. 긍정을 만나고 난 다음부터는 더욱 적극적으로 재미있는 일에 도전하는 용기와 자신감이 생겼다.

평온의
향기 오피스

온실처럼 빛이 잘 드는 그의 작업실에 향기 책상이 있다. 세계적으로 영향력 있는 크리에이터 반열에 오르며 최근 가장 주목받는 스페인 출신 산업디자이너 하이메 야욘JAIME HAYON이 프리츠 한센에서 선보인 Analog™ 테이블이다. 하이메 야욘의 디자인에는 가족, 사랑, 행복이 담겨 있어 쓰는 사람을 기분을 좋게 만들고, 생기를 준다. 한서형이 추구하는 긍정의 메시지와 일맥상통한다.

책상 옆과 맞은편 벽에는 창이 나 있어 개방감을 주며 자연을 바라보며 휴식을 즐기기에 좋다. 책상 위에는 바느질 도구를 담아 썼던 빈티지 원목 수납함이 있다. 그는 이 수납함을 에센셜 오일을 보관하는 용도로 사용한다. 문을 닫았을 때는 단정한 사각 수납함이지만, 양쪽 날개를 펼치면 수납한 물건들을 한눈에 볼 수 있어 작업하기 편하다. 자그마한 에센셜 오일 병이 들어가기 딱 좋은 크기다. 상자 옆으로는 돋보기, 저울 등 향기 작업할 때 사용하는 그만의 도구들이 정리돼 있다. 여행을 좋아하는 그는 세계를 다니며 조향과 관련한 도구와 원료를 사 모은다. 책상 한쪽에는 민화를 그릴 때 쓰는 붓과 아로마 테라피 작업을 할 때 자주 쓰는 스포이트, 가위, 펜 등을 종류별로 정리한 원형 수납함이 있다. 이 역시 나무, 돌 등 자연 소재로 골라 편안함을 더했다.

책상 뒤로는 유려한 라인이 돋보이는 하이메 야욘의 파란색 라운지 체어가 놓여 있다. 남편이 그에게 선물한 1인용 휴식 의자로, 자신에게 오롯이 충실할 수 있는 평화로운 시간을 선사한다.

문 앞에는 자그마한 빈티지 책상이 하나 더 있다. 서랍 안에는 물건을 포장할 때 사용하는 마스킹 테이프, 라벨, 그리고 다양한 자수 용품과 연필, 그림 도구들을 차곡차곡 나눠 정리해 놓았다.

책상 바로 뒤 벽에는 키 큰 빈티지 수납장과 그가 공부하는 책을 꽂아 둔 오픈 형 책장이 나란히 서 있다. 키 큰 수납장은 아로마 테라피 오일과 도구를 담는 곳이다. 수납장 중간에는 테이블로 쓸 수 있는 선반이 있어 향을 연구하거나 다양한 아로마 에센셜 오일을 블렌딩해 새로운 향을 만들 때 작업 테이블로 활용한다.

그는 아침 6~7시 사이에 일어나 바로 향기 작업실로 올라온다. 그리고 책상에 앉아 작은 수첩에 그날그날 떠오르는 생각을

3쪽 정도 적는, 모닝 페이지를 꾸준히 쓴다. 그다음 책상 앞 공간에서 편안하게 누워 회복 요가를 한다. 회복 요가는 바닥에 누워 가벼운 스트레칭으로 몸을 쉬게 하는 요가다. 몸과 마음, 정신을 튼튼하게 만들어 주는 좋은 습관이다.

고민이 있거나 결정해야 할 일이 생기면 하와이안들의 지혜를 바탕으로 한 호오포노포노 명상법을 즐긴다. 이때 사용하는 명상 도구도 그의 책상에 늘 놓여 있는 그만의 힐링 아이템이다. 어떤 문제를 올바른 길로 인도하는 '완벽한 길'이라는 뜻을 담고 있는 물건으로, 자신과 대화를 하거나 결정할 일이 생길 때 명상을 하면서 사용한다.

본격적인 업무는 9시부터. 주로 메인 테이블에서 일한다. 노트북으로 자료를 업데이트하거나 향기 설명을 쓰거나 인증을 받는 업무를 한다. 향기 작가로 활동하지만, 의외로 서류를 작성하거나 글을 쓰는 제반 작업이 상당히 많다. 향기를 만드는 날은 되도록 생명역동농업 달력의 꽃과 잎의 날을 택하고, 컨디션이 좋은 날에만 작업한다. 만드는 사람의 에너지가 고스란히 향기에 담기기 때문이다.

가장 큰 위로는 바로
좋은 향

힘들고 외로울 때 친구들이 나를 위해 항상 대기하고 있지는 않다. 하지만, 향기는 내가 원할 때 한 방울 떨어뜨려 맡으면 언제 어디서나 위로받을 수 있다. 그래서 그는 향기를 좋은 친구라고

비유한다.

　　"사실 제가 사고로 오른 팔에 심한 화상을 입었을 때 주변 사람들의 위로를 많이 받았어요. 금방 좋아질 거야, 괜찮을 거야라는 말을 많이 들었는데 그 마음을 알면서도 상처로 와닿더라고요. 왜냐하면 중증 화상이었기에 금방 좋아지지 않을 거라는 걸 알았기 때문이죠."

　　그는 자신뿐 아니라 누군가 위로가 필요할 때 말보다 향기로 전하라고 말한다. 사람들은 너무 쉽게 말로 위로하려고 한다. 물론 좋은 마음이 담겨 있다. 하지만, 그 말을 듣는 사람에게는 자칫 상처가 될 수 있다. 무슨 말로 위로해야 할지 모른다면 힘들어하는 사람에게 "이 향기 맡아보세요." 하며 향을 권해 보면 어떨까.

　　"화상병원에 두 달간 입원했는데, 며칠 간격으로 옆 병상에 새로운 환자가 왔어요. 다들 통증과 두려움으로 숨도 제대로 쉬지 못했죠. 그럴 때 한마디 말보다 조용히 향을 발향하면 병실 안으로 그윽하게 향이 채워지면서 환자들도 안정을 찾았죠."

　　그는 10여 년간 공부한 긍정심리학과 아로마테라피가 치료에 큰 도움이 되었다고 말한다. 긍정은 사고를 받아들이게 했고, 이를 받아들이니 잘 나을 방법을 강구하게 되었다. 그리고 상처가 나은 후에는 아로마테라피로 자가 치료를 했다.

　　"제가 생각하는 성공은 나로 인해 단 한 사람이라도 더 행복해지는 거죠. 향기 전시를 하는 이유도 좋은 향기가 주는 에너지를 공명하고 싶어서고요. 행복한 사람 곁에만 가도 행복해진다는 연구 결과도 있거든요. 내가 나의 행복을 위해 힘쓰는 것만으로 다른 사람에게 좋은 영향을 줄 수 있다니 이보다 멋진 일이 있을까요?

책상은 새로운 도전을 꿈꾸는

창작 스튜디오

모야시마켓 대표

남정민

MY
DESK

강원도 평창에서 남편과 사랑스러운 남매, 그리고 고양이 2마리와 함께 살고 있다. 실용과 디자인을 모두 만족시키는 리빙 아이템을 판매하는 모야시마 켓의 대표이며, 인스타그램에서 38만 명의 구독자를 보유한 리빙 인플루언서다. 2014년, 인스타그램에 소소한 육아 일기를 기록하기 시작했고, 아이 있는 여느 집과 달리 깔끔하고 포근한 인테리어가 돋보이는 공간에서 아이들과 함께하는 따뜻하고 행복한 사진으로 많은 화제를 모았다. 방 하나에 꾸민 그의 위빙 작업실 역시 많은 관심을 받았고, 사진 속 인테리어 아이템에 관한 문의가 많아지면서 그만의 감각이 묻어나는 리빙 아이템을 선보이는 모야시마 켓을 운영하게 됐다.

@XX_MOYASI

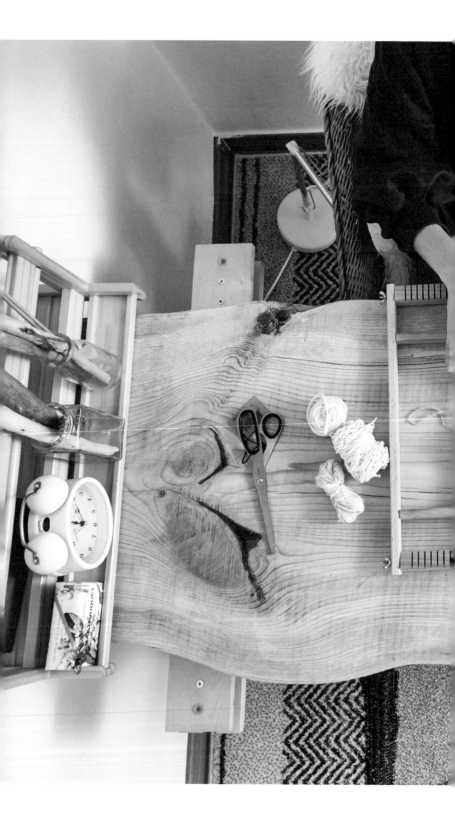

변화하는
책상

살림하고 아이 돌보며 평범한 주부의 삶을 살던 남정민 대
표. 그가 인스타그램에서 많은 사람에게 관심받고, 그 관심이 모여
모야시마켓 대표라는 제2의 인생에 도전할 수 있도록 이끈 건 바
로 그의 책상이다.

"집에 남는 방 하나가 있었어요. 남향이라 아침부터 해가 쏟
아져 들어오는, 작지만 따스함이 가득한 방이었죠. 그 방을 어떻게
꾸밀까 고민하던 중, 딸이 쓰던 책상만 하나 두고 홈 카페를 만들
기로 했어요. 아직 어린 아이들이 있으니 외출이 쉽지 않고, 남편
이 늦게 퇴근했을 때 부부만의 공간이 필요했거든요."

그렇게 빈방은 딸이 쓰던 책상 하나로 점점 이야기가 채워
지기 시작했다. 책상은 이케아의 핀바르드(2개의 사다리를 합친 구
조)란 제품으로, 책상 다리 2개와 원하는 상판을 조합한 모듈형 책
상이다. 사용자에 따라 편한 각도로 다리를 조절할 수 있고, 다리
하단에 작은 선반이 있어 책, 서류 등 자잘한 물건을 수납하기도
좋아 실용적이다. 또, 책상 상판을 어떤 소재로 사용하느냐에 따라
다양한 변화가 가능해 색다른 매력을 즐길 수 있는 것도 장점이다.

처음에는 아이가 사용한 책상 그대로, 자작나무 원목 다리
에 네모반듯한 화이트 컬러 상판을 사용했다. 계절이 바뀌면서 분
위기에 변화를 주고 싶었고, 때마침 시아버지가 50년 된 통 원목
으로 나무의 질감과 모양을 그대로 살린 우드 슬랩WOOD SLAB 상
판을 직접 제작해 선물해 주셨다. 습기로 인한 변형을 막는 칠 작

업이 필요했지만, 반가운 마음에 바로 책상 상판을 바꿨다. 상판을 바꾸자마자 그의 마음에 쏙 드는, 세상에 하나뿐인 그의 책상이 완성됐고, 그렇게 또 하나의 이야기가 생겨났다.

"가을과 겨울에는 원목 상판 테이블로, 봄과 여름에는 화이트 컬러 테이블로 계속해서 변화를 줘요. 또 계절에 따라 방의 카펫만 바꿔도 다른 느낌이 나죠. 겨울에는 따뜻하고 포근한 양모 카펫, 여름에는 시원한 감촉이 좋은 라탄으로만 바꿔도 느낌이 새로워요."

그의 책상은 그만의 것이 아니다. 낮에는 아이들이 숙제도 하고 그림도 그리는 놀이 공간이 된다. 그가 책상에서 위빙 작업을 할 때는 키 낮은 책상을 옆에 두고 엄마와 머물며 시간을 보내기도 하고. 고양이 역시 책상 한쪽에 자리 잡고 낮잠을 자는 여유로운 풍경이 펼쳐진다. 또, 그의 책상은 한곳에 머물러 있지 않다. 가끔은 벽에 붙여 두기도 하고, 방 한가운데 두기도 한다. 또 크리스마스나 생일 때는 거실로 옮겨 파티 테이블로 활용하기도 한다.

밤에는 부부만의 아지트로 변신한다. 책상 사이로 마주 보게 의자를 놓고 대화를 나누기도 하며, 책상 옆 창가에 캠핑 의자 2개와 접이식 테이블을 두고 부부만의 오붓한 시간을 갖는다. 그렇게 은은한 조명 하나와 음악, 그리고 맛있는 음식과 대화로 하루를 마무리한다. 그 시공간은 내일을 다시 활기차게 시작할 수 있게 하는 그들만의 원동력이다.

비우고,
더하기

　　그는 무작정 돈을 들이는 인테리어는 지양한다. 비워진 공간 안에 물건보다는 일상을 더하는 식으로 공간을 완성한다. 책상 위에도 그의 취미인 위빙 작업 도구 외에는 물건을 거의 두지 않는다. 정신을 어지럽히는 잡다한 물건이 많으면 책상을 치우고 앉아야 한다는 부담감이 생긴다. 또, 휴식 공간으로 책상의 역할은 사라지게 된다.

　　"손님들 역시 집에 오면 거실이 아닌 책상이 놓인 방으로 자연스럽게 들어가요. 시선을 뺏는 불필요한 물건이 없고, 화이트 컬러의 벽면에 책상만 놓여 있으니 편안해하죠. 이렇게 작은 책상 하나가 사람을 모이게 하는 걸 보면 집에 물건을 둘 때 신중 또 신중해야 한다는 생각이 들어요."

　　책상은 꾸미는 것만큼 얼마나 깔끔하게 유지하는지도 중요하다. 물건이 많이 없기 때문에 정리가 쉽고, 금세 용도에 맞게 변화를 줄 수 있다. 자잘한 도구나 가끔 사용하는 물건은 종류별로 나눠 바구니에 담아 둔다.

　　미니멀리즘과 내추럴리즘이 합쳐진 그의 책상은 인스타그램에서 큰 주목을 받았다. 흰 공간에 독특한 원목 책상 하나와 최소한의 작업 도구만 놓여 심플하고, 따스한 햇볕과 행복하고 편안한 기운이 느껴지는 분위기가 팔로워들의 마음을 단번에 사로잡았다. 그리고 그가 쓰는 물건의 구매 경로를 묻는 문의가 쇄도했다.

또 다른
꿈의 스튜디오

SNS의 인기에 힘입어 오픈하게 된 모야시마켓. 그가 실제 사용해 보고 고른 제품, 그리고 브랜드와 협업한 제품을 일정 기간 공동구매 마켓으로 진행한다. 리빙 브랜드들의 제의가 많이 들어오지만, 그에게 맞는 제품만 골라 소개하고 있다.

"마켓을 시작한 지 얼마 되지 않아 저의 스타일을 찾는 중이에요. 아무리 좋은 제품이라도 저와 맞지 않으면 어필이 되지 않으니까 상품 선택은 언제나 조심스럽죠. 충분한 테스트를 거쳐 스스로 만족한 제품만 선보이고 있어요."

모야시마켓을 운영하면서 그의 책상은 제품을 촬영하는 스튜디오로도 활용되고 있다. 은은하게 빛이 들어오는 볕이 제품을 한결 더 자연스럽게 만들어 주기 때문이다.

그도 처음에는 이렇게 미니멀하고 내추럴한 것들을 좋아하는지 몰랐다. 그만의 스타일이 처음부터 완성된 건 아니다. 신혼 초, 가구를 사고 집을 꾸밀 때 여러 번 실패를 경험했다. 공간이 아닌 단순히 물건만 보고 샀기 때문에 집에 가져다 놓으면 어우러지지 못하고, 제각기 따로 놀았다. 하나하나 멋스러운 물건이었지만, 조화롭지 못했다. 그렇게 실패를 여러 번 경험하고 집에 놓을 물건은 되도록 화이트, 우드, 그리고 블랙이나 그린 등을 포인트로 준 것만 골랐다. 자연에서 온 컬러의 조합으로 그는 원하던 아늑하고 편안한 공간을 즐기고, 바라던 일상의 소소한 행복을 누릴 수 있게 되었다.

마이
─
데
스
크

초판 1쇄 인쇄	2020년 2월 25일
초판 1쇄 발행	2020년 3월 6일

지은이	박미현
사진	문형일(딜라이트 스튜디오)
발행인	윤호권

본부장	김경섭
책임편집	정인경
교정교열	박진홍
기획편집	정은미·정상미·송현경·김하영
디자인	정정은·김덕오
마케팅	윤주환·어윤지·이강희
제작	정웅래·김영훈

발행처	미호
출판등록	2011년 1월 27일(제321-2011-000023호)
주소	서울특별시 서초구 사임당로 82 (우편번호 06641)
전화	편집 (02) 3487-2814, 영업 (02) 3471-8043

ISBN	978-89-527-4267-4 03810

미호는 아름답고 기분 좋은 책을 만드는 ㈜시공사의 임프린트입니다.